中科经典和当代文学作品互译出版项目

مشروع الترجمة والنشر للأعمال الأدبية الكلاسيكية والحديثة للكويت والصين

丢失的记忆

〔科威特〕阿卜杜拉·巴希斯 著　孔令严 译

五洲传播出版社

图书在版编目（CIP）数据

丢失的记忆 ： 馆配版 / （科威特） 阿卜杜拉·巴希斯著 ； 孔令严译. -- 北京 ： 五洲传播出版社， 2024. 8. -- ISBN 978-7-5085-5260-6

Ⅰ. I383.45

中国国家版本馆CIP数据核字第2024PS7191号

出 版 人：关　宏
责任编辑：杨　雪
助理编辑：周晓彤
装帧设计：红方众文　张靖圆
内文设计：王　芳

丢失的记忆

作　　者：［科威特］阿卜杜拉·巴希斯
译　　者：孔令严
出版发行：五洲传播出版社
地　　址：北京市海淀区北三环中路31号生产力大楼B座6层
邮　　编：100088
网　　址：www.cicc.org.cn，www.thatsbooks.com
电　　话：010-82005927，010-82007837
印　　刷：北京市房山腾龙印刷厂
开　　本：889mm × 1194mm　1/32
印　　张：6.5
字　　数：180千字
版　　次：2024年8月第1版
印　　次：2024年8月第1次印刷
书　　号：ISBN 978-7-5085-5260-6
定　　价：68.00元

目　录

译 序

为现实而揭露 因回忆而存在

从初识此书，到通读全篇，再到静心翻译，直至校对勘误、递送成稿，于我而言，这份译文的完成，也恰巧标志了整个夏季的完结。时至今日，当我再翻开书页，往日的味道竟扑面而来，有午间热烈的阳光与蝉鸣，有梅雨过后窗外的湿气，有动车组车厢里制冷系统的瑟瑟凉风，有街角饮品店去冰果汁的丝丝甜意，仿佛倦怠时朝手腕喷洒的香水，起初是皮薄肉嫩、汁水丰盈的鲜柑橘，随即在风中散作几缕沾着些微晨露，混有淡淡薄荷味的罗勒叶的清新。在重温这部叙说回忆的小说时，此书伴我走过的夏日回忆，也不知不觉便在心头缱绻了。

《丢失的记忆》是科威特新锐青年作家、诗人阿卜杜拉·巴希斯于 2014 年发表的处女作。距小说出版已有六年，但该书在评论界和读者群体中依旧热度不减。该部作品以“无国籍者”作为切入点，囊括友情、爱情、犯罪、战争、宗教乃至哲学等各色主题。其语言风格清新明快，没有为吸引眼球而刻意加进的过激描写；然而语言背后却是无比直白的现实揭露、无比深刻的自我剖析和无比独到的思考洞见，因而在出版之后引起广泛争议。事实上，正如薛庆国教授所指出的，“争议反而在更广大的阿拉伯市场为小说打了广告”。一部佳作，往往在旷日持久的讨论中，方能显其经久不衰的魅力。

小说主线聚焦于萨勒曼探长和无国籍者哈米德波澜起伏的人生际遇。故事伊始，萨勒曼探长正和一位女郎在私人寓所饮酒作乐，醉意上脑、情难自持之时，手下打来电话，说大盗“锯子”已经落网，正在候审。“锯子”没有国籍，身份神秘，五年来，他凭高超的盗技把整个内政部搅得天翻地覆。得知此信，萨勒曼第一时间通知上校，并率先赶往警局查看情况。出乎始料的是，“锯子”的容貌竟与他的童年挚友完美吻合。霎时间，往昔的回忆在萨勒曼的脑海翻腾，故事也从现实转入萨勒曼纷繁的回忆。

萨勒曼成长于一个移民为主的街区。父亲性格粗野，只顾在房顶上养狗和鸽子，对他的成长不闻不问；母亲格外重视教育，对他的规束严苛得近乎过分。成长过程中，萨勒曼孩童的天性受到压抑，敏感多疑的性格和强烈的征服欲在他心中一并滋生。起先，他对爷爷家的小伙伴拳脚相向；后来，他在与朋友共同追打流浪狗时充分尝到了暴力与征服的快感而无法自拔。某次，他们误杀了不良头目的宠物狗，遭到严厉报复，其他小伙伴都被痛打，只有萨勒曼撒腿跑回家中，后来搬出父亲对不良头目加以威胁，才暂时躲过一劫。

不良头目被骂走的那天，哈米德恰巧成为萨勒曼的邻居。此后，两人日益熟络。哈米德全面发展，举止正派，萨勒曼虽佩服，但暗自觉得他是做作的"小白脸"。令其始料未及的是，当他被寻仇的不良头目堵在洗手间时，是哈米德出手相救，凭借高超的格斗技巧化险为夷。萨勒曼的佩服变成了绝对的崇敬，而不齿化作了屈辱，同哈米德相处的心态日渐畸形。加之哈米德的父亲因误会萨勒曼的父亲在房顶偷看他的妻子，和他爆发激烈的冲突，两个孩子愈发疏远。直到科威特战争爆发，街上只剩萨勒曼和哈米德两家彼此扶持，两人终于重归于好。就在萨勒曼一家前往沙特避难的前夕，二人陷入一场爆炸事件，坦克的炮弹炸响，萨勒曼昏了过去。醒来后，他已身在家中，哈米德却不知所踪。最终，战争结束，萨勒曼回到祖国。直到见"锯子"那一刻前，他仍在找寻童年好友的身影。

故事结尾，沉浸在回忆中的萨勒曼乘着酒意，艰难地从下属手里救出了"锯子"——也即他心中的"哈米德"。他返回办公室取钥匙，回来后，却惊觉车后的"锯子"已不见踪影。万念俱灰的他驱车返回公寓，想要了结生命。高速行驶时，他不慎掉下了立交桥，在行将失去意识之时，爆炸那天残缺的记忆终于清晰：他从爆炸现场拼命跑回了家中，头脑已经无法正常思考，而被弹片击中的哈米德，则在叫他"快跑"的呼喊声中，被永远留在了后面……

想起张爱玲的隽语，"回忆永远是惆怅的！愉快的使人觉得，可惜已经完了；不愉快的，想起来还是伤心"。用"惆怅"形容小说弥漫出的气质，或许恰如其分。记述回忆时，主人公酸楚地意识到，孩提时代的追跑打闹、初识"爱情"的羞怯慌张、同甘共苦的真挚友谊已永无可能再度寻回，而幼年玩耍时待小伙伴的恶劣态度、屠杀流浪狗的残忍行径以及对邻家少年哈米德嫉妒又依恋、卑微又骄矜的复杂情感则成为解不开的心结，梦魇般拖拽他人生的步履。这种惆怅，宛若古董方桌上铺盖的绉纱，在某种程度上软化了文中的暴力情节，为整篇故事平添了一股悠远的韵调。

然而，透过这块惆怅的绉纱，我们看到的绝非哀吟疏懒的随意之作，而是在艺术和思想两方面皆令人耳目一新的精神气象。作者引入故事的方法可谓独具匠心，既非传统的正叙，也不能简单归为当下流行的插叙和倒叙，而是为主人公萨勒曼和自己安排了一场“跨越时空的相聚”，由萨勒曼亲手将小说递给作家本人。这样的设计与科威特作家萨乌德·桑欧西 2013 年获阿拉伯布克奖的《竹竿》颇有异曲同工之妙，使读者分不清正在阅读的是小说，还是某人真实的经历。在主体叙事中，作者十分注重完整性与创造性的平衡，许多不露神色埋下的伏笔，读来意蕴悠长，令人叫绝。这里仅举一例，对时间的思考，对意义的探寻，对自然的追问尽在其中：

“我目睹太阳从地平线升起时的壮美。‘将它拖到底下的又将是谁?’，这样疑惑着，我开始寻找拴在太阳身上的缆绳，那根我幻想中被无形的手紧紧握住的缆绳。我并没找到。”

“我穿过街道，把我们的家园远远甩在身后。我不停地跑着，仿佛逃离即意味着回到过去，意味着向太阳飞驰，我擎住想象中太阳的缆绳，把它拉回午后的时光。”

除了精巧整饬的结构，《丢失的记忆》最明显的艺术特色，体现为记忆串联下时空的“夷平”。美国哲学家威廉·巴雷特在其代表作《非理性的人》中提到，“在现代文学的一些作品里，时间取代空间，被夷平到了一个面上。过去和现在被描述成在时间的一个单一的面上同时发生。詹姆斯·乔伊思的《尤利西斯》，托斯·艾略特的《荒原》以及埃兹拉·庞德的《诗章》都是例子”。按照书中的实际时间作为基准，整本小说的跨度不足一天，但受益于以回忆为线索的意识流叙事，作者得以自由地在现实和幻想间穿梭，将针对多元主题的议论娓娓道来，给读者营造了持久的新鲜感、沉浸感和代入感。

就主旨来看，小说寄寓了作者在社会现实和心灵成长两个层面的关切。有读者评价道，“他不是那种长时间坐在桌前或待在家里的作家，而是亲自走进民间生活，丰富自身文学经历。正因为他见识过民间百态，才能将最真实的场景融进文学创作之中”。《丢失的记忆》中重点探讨的现实问题，无疑是“无国籍者”的境况，他们历来被视为社会的隐疾。在科威特的无国籍者大体有两类，一是远离城市，深居简出的贝都因部落人民，因故迟迟无法获得正式国籍；二是 1990 年科威特战争时的某些军队成员，哈米德的父亲便在此列。没有正式身份的他们活得举步维艰。“锯子”在致信警察时，提到了成为盗贼的原因：“穷困潦倒，生计所迫，没有保险租不到公寓，运气不好找不到工作……”这种困境更反映在他们的精神世界：自觉生来低人一等，格外努力，却又格外敏感。这从哈米德父亲对萨勒曼父亲的误解，以及哈米德“不想找麻烦”的言论中都可窥知一二。由于没有国家保护，他们在战争中可谓无依无靠。据统计，科威特战争之前，无国籍者数目达 25 万，科威特解放后，其数量锐减至约 13 万人。

“心灵成长”的主题则与主人公萨勒曼密不可分。萨勒曼从崇尚暴力的小孩，成长为奉行暴力的探长，最终决意放弃暴力，同自我的罪恶脱离干系，将过往的故事写下，从而重获新生。此间，童年回忆起了不可代替的作用。哈米德和妹妹索菲正是回忆的关键人物。在阿拉伯语中，“哈米德”意为“美德的，善行的”，而“索菲”意为“澄净”。不禁想问，萨勒曼对索菲自始至终的爱，是否象征着人性对善不变的追求？同哈米德友谊的一波三折，是否象征着与实践美德何其困难，却又何其值得？善良是一种概念，而善行是一种经验：战争来临前哈米德父亲对主人公一家的谆谆警告，战争岁月里哈米德对萨勒曼的鼓励，以及萨勒曼父亲对哈米德家人的周济，一次次善行，使他们都切实地经验到了“善良”的概念，让他们跨越了身份的藩篱和过往的矛盾。基于此，小说得出了一个颇具存在主义意味的结论：“他全部的记忆，也即是他自己。”是记忆里的善行，让萨勒曼完成了自我的救赎，从此在存于世间的诸多可能性中，决意选择善良的那种，令其成为了现实。

海德格尔曾说过，回忆，就是告别尘嚣，回到生命的澄明境界。

实然。

孔令严

序章

阿卜杜拉·巴希斯，作家：

同这位传记（也许是小说）作者的会面结束了。尽管尚未细读，可我已经感知到作品内里的现实感与冲击。我缘何与他相见呢？这又是另一回事了。我揣着文稿向出版社走去，依照他的请求，寻找有意将其出版的伯乐。我们两人的故事，就像他笔下的小说一样，叫人讶异而惊奇。

事情发轫于叫作“推特”的社交软件。某日，一个名叫@alm3theb“穆阿宰卜”[①]，头像是一群流浪狗的陌生账号发来消息，跟我说，有要事相谈。起初我并未理会，不是出于事不关己的傲慢，而是我内心觉得，推特是一个毫无庄重可言的场域，分属不同阶层的人在那里无谓地争吵，张扬着彼此的矛盾；嬉笑与轻浮也被堂而皇之地摆上台面。因此，无论是多么重要的事，但凡和推特扯上关系，就无须留心在意。我还是没有理会他，把对他简朴头像的无视看作一种无声而又礼貌的婉拒。有心的人应该会懂我的好意吧。然而一周之后，“穆阿宰卜”又发来了三条措辞恳切

① 该词在阿文中为“受折磨的人”之意。

的消息：

“@alb9ai9：阿卜杜拉先生，一周前我向您求见，可您尚未赐复。或许您没有读吧，或许您故意没读吧，不重要，重要的是，我的确是认真的……”

“@alb9ai9：我是有求于您。我有一件事，我把它视为生命中最重要的事。可以说，我往后余生能否心安，希望就系挂在这件事上了。您是能够帮我的，如果您不愿意，那我向您致歉……”

“@alb9ai9：如果我是您的话，要是推特上有陌生人提出要和我见面，想必我也不会把这当回事。但您相信我，我是认真的。见面地点由您定，我早就准备好了……我有故事给您。”

我本想接着无视下去，但末了那句“我有故事给您”很大程度上勾起了我的好奇心。我漫无边际地臆测起来了：先是细究“穆阿宰卜”这个名字的深意；标了叠音符号的“宰”字是读启齿符，还是开口符？[①] 种种猜测挑逗着我的幻想，引着我建构出一个与“穆阿宰卜”其名和他头像中的流浪狗们相匹配的故事。

我翻来覆去地盘算着：为什么不和他取得联系呢？任何作家，一旦想要搜集真实的好故事，都会借着那么一股想象的灵气，让故事里的情感变得鲜活，让叙述里的世界变得本真，变得比我们

① 阿文里的28个基本字母全为辅音，元音则用附着在辅音字母上的四种基本音符来体现，分别为启齿符、开口符、合口符和静符，一般不在纸面上写出来。“穆阿宰卜”中“宰”是按照读开口符的方法音译，意为“受折磨的人”；如果读成启齿符，则应音译成“穆阿兹卜”，意为“折磨别人的人”。

置身其中的丑陋现实美丽得多。

我在踌躇中度过了两天。这段时间里，我点开手机中的推特软件，翻看着“穆阿宰卜”先前发布的推文，仔细读过了其中的14篇，有4篇和我有关，其余推文的风格让人觉得，他要么是个诗人，要么就是经常写作随笔或散文体的随感，写得已经很得心应手了。

在每章小说的文首，他都配上了一条推特体的文字，像是正文的铺垫。

一天早上，我加了他的好友，私信他说：

“请问……有什么我能做的吗？”

他马上回复了，语气殷切，似乎早就知道我会在这时候给他发消息：

“等我见您时，我把什么都告诉您。我向您保证，不会占用您太多时间。”

我想了一想，然后同意了。我自语道：邀请他到我办公室坐坐又何妨呢？我能帮他就帮，帮不了的话，就听听故事，然后婉拒就得了。

“来吧，到我们办公室来怎么样？”

“不好意思……请您谅解，可您办公室方便残疾人出入么？”

听到他这样暗示自己的情况，我生出些同情来。所以，他是残疾人，他正饱受哪种残疾之苦呢？心里有什么东西，促使我笃定地和他说：

“如果这样的话，那你来选个合适的地方好了。”

"今天下午三点在科威特塔的停车场见，您看怎么样？"

科威特塔？可他不是残疾人吗……算了，没事。

我没考虑下午三点是否已经有约。那时候，我是会忙着工作，还是会腾出空来见一个突如其来的陌生人呢？我做的决定是对还是错呢？我没想太多，便热情地回复道：

"OK！"

然后我和自己说：最美不过偶然间。

＊＊＊

我裹着大衣，脖颈上系着方巾，坐在分隔车道的水泥墩上。铺好地砖的车道顺着海边的观景窗延伸着，直到三座科威特塔前的沙滩。一派引人入胜的美景。

我静坐着，12 月的凉意拂过我的皮肤，我想，会是怎样的故事呢？是如我身后的海浪般波澜起伏，还是像三座高塔一样，表征着爱国的情怀？我转头回望，问自己：为什么每次看向它们时，都恍惚觉得是片刻之前刚刚竣工的？上可高耸入云，下则坚实稳固，时间改变不了它们，爆炸撼动不了它们，企图动摇它们地基的尝试，全都是徒劳无功。

远处有人和我一样坐着，是两个人吧，我记不真切了，总归不至空旷到完全孤独的境地。我等待了十分钟，耐心在科威特冷漠的严寒中凝冻。四肢僵劲，寒冷刺骨。我欲回车以御隆冬，这时，一辆通体绿色、为特殊人群专门设计的厢式货车在我面前的残疾人车位停下。开车的是一位年长的女性，身穿黑色的罩袍，头戴黑纱。过了一会儿，货车的后门自动打开了，伸出的铁质斜梯直触到地面，然后固定住。一个坐轮椅的男子顺着斜梯下来。他来了。我从远处看过去，他正左右张望着。是个约摸三十岁的青年，穿着全套的运动服，体格稍显丰满。我抬手示意，他拨动轮子朝我过来，我也起身帮忙。他面色白净，甚至有些惨白，好像好长一段时间没见过太阳似的。他的下巴两侧覆盖着未加修剪的胡须，两眼颓然，灰色的眼皮耷拉着，稍显忧郁，但整体来看形容尚可。

我们握过手。他不叫我帮他推轮椅。我们去找地方坐下。车里下来一位披白色纱巾的女士，身材高高的。她在距我们很远的行人长椅上坐下了。

“抱歉，让你跑了这么远。”他拘谨的声音中显出一丝无所适从。

“还是对我的车道歉吧，是它拉我到这儿来的……开玩笑的。”

“您还好嘛？”

“挺好的，你呢？”

“我也不清楚。”

我笑了，笑容里含着些惊讶的成分。他接着说：

“我和您坦诚才这么说的。我确实不知道我现在是个什么状况，按照我自己的标准看来，我觉得自己怎么也说不上好，但是按其他人的标准，我这样就算还行。”

他的回答使我既好奇又疑惑：所以你觉得，怎么算是好？但天气这么冷，我不得不长话短说，于是我打趣道：

“依我的标准看来，你状况挺好的。这才最重要。”

他对着双掌哈了口气，然后搓了起来，说：

“阿卜杜拉兄弟！我需要你帮我做件事。”

“你说吧，我就是为这个来的。”

“这是什么？”我问他。

“我的小说。”

“我能做什么？”

“我想让您帮帮忙，让它出版。我想让大家都读到它。”

我拿起文件袋，快速地翻动了下。不得不说，他这要求真是恼人。原来就是为了这个？卷成圆筒的文件袋里塞满了印着铅字的 A4 纸，他想让所有人都读到它，所有人！

“你不是说你有故事么？”[①]

“对呀，故事不就在你手上呢。”

“那看来是我误会你的意思了……不过，讲真，我不是专门搞文学批评的，如果你执意要我读的话，我就读完，然后给你意见。”

他的语气急上来了：

“我不用您读，只拜托您把它呈送给出版社。”

我们默然相视，似乎寒冷让两人间的气氛更紧张了。不远处，那个女人回到了货车中，原先的地方变得空无一人。

他抱歉地说：

“不好意思，是我太着急了。”

“没关系，你还没告诉我你叫什么名字呢。”

---

① 原文为“قصة”，该词在阿文中既有“小说”之意，也有“故事”之意。

“萨勒曼。”

“那好，萨勒曼，我跟你讲，好的作家很看重自己的名节。有些人在起初凭着一股子冲劲，想着扬名立万，急着把书出版。这样的人多了！萨勒曼，相信我，他们都悔死了。人们读过他们的书，就再也不想读他们的其他书了。这就叫失信于读者。”

“谁跟您说我想当作家的？谁跟您说我要出名的？我是想要我的小说匿名出版的，我也不希求什么物质上的报酬。”

这份热情真叫人感动，我愈发地同情他了。事到如今，“事不关己，请您自便”的话再不能说出口了。是，我以前是与他素不相识，但人与人之间总会有点什么羁绊，是摆不脱又跳不开的。人生来便是如此呀！有时候，我们怜悯别人，是因为在那人身上不经意间看到了自己的影子，于是帮助他人便也不仅仅是帮助他人，说是帮助自己反倒贴切。

“我给你介绍一家不错的出版社，他家很支持新人作者。”

“先生，我跟您说了，我没想着要当作家，唉，怎么就没人理解我呢……这是我的小说，也是我的故事，是我真实的故事，是我按照自己的回忆写出来的。要是它能出版，能让别人读到，我受的煎熬也就能减轻点。好比是有个人肩上扛了一大包重物，他肯定也想让扛着的担子轻点呀。挑担子的人越多，那每个人身上的就越轻，最后就感受不到了。您可能觉得我的请求有点奇怪吧，或者怀疑我是不是失了智？不怪您，我自己也是才意识到自己为什么这么做！”

他声音里夹杂着一丝酸楚，他润湿的眼眸分明是在向我的眼睛伸出求助之手，我再怎么坚毅，也难不被触动。

“我不知道怎么答复你。”

“我不想难为您……要是您觉得这本小说还行，算是值得发表的话，您就把它交给出版社，要是觉得它配不上的话……烧了就行。”

“我试试吧……但你还没告诉我呢，为什么偏偏选上了我？直接给出版社致信不好吗？”

“我不知道哪里有出版社，也不知道印一本书的流程是怎么样的。偶然的机会吧，我在推特上关注了你，看你有印刷出版领域的经验。我跟自己说，找对人了。”

“偶然啊？”

“是，纯属偶然。您不是说过嘛，最美不过偶然间。”

我微微一笑，几小时前我还在心里念叨这句话呢，真不可思议。他怎么知道这句话的，或许是我在推特上写过吧……不清楚。

“好，萨勒曼，我跟你保证，会尽我所能。”

我们再次握了手，他感激地按住我的手，说：

“对了，那为了再次表示我的真诚，我跟您说实话，我不叫萨勒曼。”

* * *

晚上，我开始读，一口气就读完了，第二天又读了一遍。我手头的这部作品不是寻常的小说，它是对生命的求索，或者说，是解构生命的尝试。读它的时候，我的愉悦难以言表，我无法解释，作者何以将世界描写得如此狼狈、痛苦和震撼。我并不认同他的某些想法，也不想为他笔下人性的处处邪恶和社会的层层虚伪而辩解，但他叙述那种被酸楚包覆的黑暗时，所用的手法让人不由得揪心。写得真不错。

我在推特上私信他，说我很欣赏他作品中浑然一体、启人深思的架构。但他没回。我想，他应该不是很常用社交媒体软件吧。

我把书稿委托给一个愿意帮忙的朋友，给稿子包好了封皮，印上了花纹。我还把电子版发到了几个出版社的邮箱，几个月之后，收到了积极的回应。我挑了其中最好的一家。我再次给他发私信报喜，但他仍旧没有回复。

我跟他说，人们问我要小说的标题，可他还是不回。我孜孜不倦地给他发了一个月的私信，都是杳无音讯。真是疏忽了，当时怎么就没想到留个他的手机号呢？还是说他有意不想暴露自己呢？两种情况都叫人难办。

出版社催着要小说的标题，以便有关部门审批。两周过去了，我等啊等，出版社告诉我，最多再等我一周。

我照例私信他，要不就是他账号坏了，要不就是他脑子坏了！

我给他发：

“@alm3theb：萨勒曼，你要么给我发私信，要么把你的手机号发我，有急用。”

无复。

迫不得已，我把我的护照复印件发过去用以审批，但小说的标题还是个大麻烦，我坚信，对任何小说而言，标题的重要性不亚于正文。

我想了几个：《受难者，受苦者》《吉南街区的流浪狗》《流浪狗》《流亡的生活》《丢失的记忆》《狗王》《流浪狗寻路记》。

我正不知选哪个好时，在推特上刷到了“穆阿宰卜”的发帖。迄今为止的纠结从我脑内一扫而空。

“@alb9ai9：选第五个吧。”

丢失的记忆

死亡，不是在尸体上堆起黄土。那不过是死亡的形式，却并不是死亡的实质。死亡的实质，是孤独，是用死亡本身，面对死亡的现实。

——@alm3theb

到今天为止，我罹患残疾已有两年了。两年的梦魇，两年的压抑，两年的时光。我反刍似地回顾着两年的记忆，孤单着，试探着，想要从这具身体中脱离，想要像旁观者似地在外关照，若它的内里不再是“我”，将会变得怎样？它作为“我”捱过了这久多时日，我要向它表示感激。

那件事之后，我不再是我了。我变了，昔日的自己，我已认不出了；曾经知晓的事，我也不清楚了。我变了，躯体变成流亡地，流亡者正是我自己。过去我的苦脸和笑脸，都不属于如今的这张脸庞；以前的尖锐和骄矜，都同我现在的心性毫无关联。我的目光充满探求，声带下方饱含悲哀，胸口的喘息难掩失落，一切的一切都汇集于我，把我变成另一个人，一个了无生趣、死气沉沉的人。

我顺着自己房间的窗户向外看，看到天上有什么在飞，看到地上有什么在走；看到一些东西，从它们中又将会诞生新的东西；看到一阵永不止息的浪潮，那是生命无始无终的律动。它们发狂般地朝着过去的方向行驶，成为记忆的一部分。我向窗外望去的这个瞬间，也将顺着此刻的我流入过去，溃败地、服帖地、随波逐流地、宛如预先设计好似地落入深渊。跌落的时候，每个逝去的瞬间，都比先前的瞬间落得更深，更深。

我想，时间会带去一切，又渗透在一切过去的事物当中，留下残损的遗骸。这样想着，我倒想把面前所有事物的意义悉数抹消。不想再关心什么了，生命的一切都无足轻重。事物不存在了，时间便也不存在了……先点一个点，在它之后是未来，在它之前是过去，在它之上是现在；再把它擦去，之前和之后便无甚差别。当下是所有时刻中最重要的，错过了当下，时间就再不能改换事物的面貌，再不能为任何事物赋予形式和意义了。它变得如鱼线一样，卷放自如，简易随心。我和时间之间打响了白热的竞赛，各方实力却并不对等，我的对手是滴答不停的钟表声……妙乐是瞬时的，痛楚是永续的；泪水流滴不绝，欢笑却一闪而逝。

有时候，我问自己：难道这世间就没有什么东西是绝对真实的么？为什么所有东西都有自相矛盾的成分，为什么所有东西都暗含背反的另一面？此刻的我无比明晰地感知到这点。我正倚着回忆中的壁垒摸索而行呢，我正切实地探触着人类在脑海中建筑高墙的能力限度呢。就像烈日遮蔽人的视线那样，建筑高墙，是为了遮蔽思考；遮蔽思考，人便不再信任理性，理性随即不再信任感官，感官进而开始怀疑现实。我们所谓的现实，不过是我们希望看到的现实，不过是我们愿意感受的现实，所以才有了所谓各自不同的世界，乃至各自不同的世间万物。

我推了推轮椅，转身去打开窗户；天空还是几千年前的那片天空，土地还是亚当犯下原罪的那片土地，还是吉南区的地界，那里有我生于斯长于斯的老房子。后来，我去往新的地方，那个证我以清白，缚我以罪愆的地方。

动笔写我的故事之前，我问自己："我要从哪里写起？……从头开始吗……倒不是不行，可是从头开始，哪里是头呢？"毫无疑问，结局总在开头便已注定，生命的本质就是连在一起的圆，每一个点都可以是起点。但是，总归会有这样一个点，它是起点的起点，是终点的终点，它或许无足轻重，抑或是关键所在。

两年前，在那寒凉又迷醉的冬夜，我寻得了这一点。

崩塌

黑暗激起我们的幻想，事物便脱离原本的形貌；理性无法理解思考的对象，便为其覆上另一种模样。

—— @alm3theb

我在自己的公寓里度过那迷狂之夜，和一位惹火的少女激情燃烧，直到力竭。浅红色的灯光为顷刻的欢愉增添永恒的滋味，宽阔客厅的墙壁染上妄想与诱惑的色调……简朴家具的上方，撩逗轻浮的笑声一浪盖过一浪……香烟的烟雾漫卷着飘向空中，像纺出的纱线，直到与天花板抵碰，然后涣散……拉希德·麦吉德[①]欢乐的歌声借由立体声散布到空间的四角……女士香水的味道温柔而又淫靡，把整个屋子都引向床褥……随着麦吉德的歌声，裸露火热的腰肢扭动着，盘曲着，弯卷着，先来交合，却又远离，

① 拉希德·麦吉德（Rashed Al-Majed）：巴林裔沙特籍著名歌手，1969年7月27出生于巴林首都麦纳麦，1984年开始在乐坛活跃。拉希德·麦吉德是阿拉伯歌坛最著名的歌手之一，共发行了40余张唱片，其作品以浪漫与感性的基调而闻名。

我的欲望燔燎着，更热烈了……桌上的高脚杯映入眼帘，在冰块的间隙里，金黄的汁液忽闪忽闪的。

我完全地沉沦了，品味这辉煌的欲望时刻，大步迈入醉意的门槛。跨过今世的禁律，迎来的分明是广阔的天堂。佳美的福乐，无拘的幻境！戒令失效了，禁忌不再了，我作为人的本能彻底地解放了。本能，灵魂的筑基；本能，最确切的冲动，最纯粹的真实。

“再来一杯，酒加满，少放冰。”我对她说。

她坐到桌旁，倒满酒。我的目光始终不离她身上。

“够了……美女，把酒杯递给我，陪我喝！永久的快乐不久就要结束了，要消失了，酒要醒了，多没劲啊。”

“和上周四一样，你又胡说些莫名其妙的话了。”

她走近前来，一饮而尽，要抓紧我的手：

“我说哦……为什么我们不上床解决问题呢？”

她甘美地笑了，我把手抽开，说：

“有什么莫名其妙的？你坐下，我跟你解释……没什么莫名其妙的，归根结底，人喝多了就忘事，对什么事一开始的印象就记不清楚了。没了以前的那些条条框框，我们什么都能看它个清楚明白，你快喝酒，条条框框就不会束缚你了。酒才能帮我们理解生活，解决你的莫名其妙……喝！再不喝就要醒了，我们就得穿好衣服，在人群之中混迹了。什么都照旧了，我们也变得莫名其妙……我的小可爱，喝！喝！再给我来一杯。”

“乖乖，看在我的份上，别喝了，你喝够多了。”

“这是我们第二次过夜了，你还不知道我酒量么？”

“行……别着急，我们来这儿为的不就是找乐子么？……我给你再来一杯，外加一个亲亲。”

我的电话响了，军队专用铃声，调察局。她递给我酒杯，一把从桌子上抄走了手机，妩媚地逃开来，把它藏在了房间，那姣好的身体又从四散的枕头之间蹦蹦跳跳地回来，又魅，又嫩，引我情欲上身。我跟着她，手里是酒杯，无意抓住她，不想打断她流连的少女姿情。我在她身后快步走着，一同走到床边。一波波急来的痴狂直让床铺变成浴血的战场……我抱紧她，她却滑挪开来，躺倒在床上。

她娇声说：

“不许接……谁都不许把你抢走……你全部都是我的。”

我躺在她身侧，不自觉地偷窥她柔嫩的秘处：

“全部的我，你受得了么？”

“我没问题的。”

她应声道，面颊愈发地绯红了：

“我要占据你的全部。”

她发出挑逗的笑声，紧接着笑声的却是恼人的手机铃声，又来了！不过这次是日常的铃声。

手机就在她抬起的手中，她站在床上，随着铃声扭动起来，仿佛执意在暗示我，不要接！

铃声停止了，她坐在床沿，轻轻咬着下嘴唇，眼巴巴地望着我。没过一会儿，手机又响了，这次是短信的提示音。

我很好奇，短信里会是什么内容？着实好奇，若是不满足一下这小小的好奇心，我非脱线不可。我管她要手机，说，我就看看短信，然后就关机，不到明天早晨肯定不开。她蜷起身子，忿忿地，一句话也不说。

我又跟她保证：无论短信里写的是什么，“明天早晨之前绝对不会离开你的……听话，我跟你保证。”

短信的内容再次把我拉回了人间世界。严苛的条例，肃杀的工作……看着这条信息，我怔住了。右侧的身体灌了麻醉剂般不听使唤，全身上下被闪电击中一般战栗。先前情欲的化学反应荡然无存。

我一跃而起，穿好制服，抄起必备的东西，奔马似的往外冲去。

“去哪儿？……你说啊……什么事让你就这么抛下我？”

她惊愕地涨红了脸，皱成一团的表情里写满了愤怒、讶异与不满。

我忙着找车钥匙，没顾得上接腔。车钥匙在枕头下面，我把它拿起来，快步朝着门走去，她在我后面喊：

“你的保证呢？”

我看也没回头看，漫不经心地说：

“出门时把门锁好。”

短信是纳瑟尔上士发来的，里面说：

“萨勒曼上尉，您快来局里一趟，我们抓住‘锯子’了，肯定就是‘锯子’！”

“锯子！”

惊雷般的消息。我完全清醒了，在电梯里惊叫出声。意义非凡的消息，整整五年了，以往的徒劳无功终于有个头了。

“锯子”，江湖大盗，神出鬼没，简直让内政部下属的安全部门不得安生。他把官员们偷得人心惶惶，神秘的作案方法更使人惊骇……他也有今天！

偷车熟客，银行惯犯……这个胆大包天的家伙连警署总长老婆的黄金都敢偷，不但进了她的房间，还喝了厨房的果汁，就连跑路开的都是总长公子的豪车。末了还留下一封信，劝总长把他所在贫民区的安全管控松一松。

伪装、监视、伺机、费劲、失败……连串的记忆走马灯似地涌入脑海。

那个传奇的家伙……旁人稍微松懈一点，他就能安全无虞。要辨认是不是他干的很容易，因为他有个特殊的癖好。每次作完案，他都会留下一封致受害者的道歉信，文风凝练，颇有诗体。他在信里面写，希望被偷的人能设身处地地想一想他的状况……之后就是历数自己前前后后遭遇的困境：穷困潦倒啦，生计所迫啦，不能保证付得起房租啦，运气不好找不到工作啦，总之是想让人知道，他把停车场的车偷走，把金库里的钱搬空，都是被逼无奈，都是不堪生活的重担。在信的结尾处，他会说，自己是那些无国籍者中的一员，既然社会先对他们的苦难冷眼相对，那就应该为它的轻慢承担代价……祈望原谅。

我默默地把这些归入不可信的传言之列。没有证据证明他说的不是实话。和他有关的安全报告总是透出一种独有的紧张之气。

"该死的！"

我小声叨念着，穿过建筑的大门。

就是他，就是他扰乱了治安。那些蠢笨的警察已经放弃，垂头丧气地把他当作了妖精；稍微聪明一点的就说他跟黑道上的人有瓜葛，以此为自己的落败辩解。

只要是看见案卷上写着他的名字，和我共事的警官们就不约而同地慌了神。他俨然成为了那些民间奇谈怪论的一部分。这些没来由的胡说八道，我是不会去相信的。在确定和否定都没有证据支撑的时候，我相信的只有自己。

"监控录像里没看到他啊，这是怎么回事？"一位参与讨论的同事正发表见解。

"说什么傻话呢？时代在发展，你就蹲在这，两耳不闻窗外事……没听到干扰器的声音么？都给我清醒一点。"我反复地说。

"怎么就不信呢？……行吧，我告诉你，有个同事言之凿凿地跟我说，他有次参与追捕的时候，差点就把他逮住了。我同事离他的车已经非常近了，正想从后部包抄，没想到在两车之间忽然过来了一群骆驼，生生把两辆车隔开了，你说正常情况下可能发生这种事么？"

"哈哈哈哈……印度电影都不敢这么演。"我说。

另一位同事不耐烦地插嘴说：

"萨勒曼，你别看不起我们……你信不信巫术？"

"我不知道那是什么玩意。"

"你不知道？你怎么可能不知道呢？《古兰经》都提到了。"

“我说了，不知道就是不知道。《古兰经》里还提到了理智，这才是我要信的。”

又有一个同事插话进来，他推了推鼻梁上的眼镜，说道：“告诉你们个秘密，可千万别跟别人说……有一天，我们有个队员抓住了他，把他押进了巡逻队。”他压低声音，“但是，就忽然之间，那个队员惊觉身体失去了控制，他不由自主地站了起来，把‘锯子’给放了……”他回头看了看我，接着说，“萨勒曼，相信我，有些事物是理智理解不了的。”

“那位队员记下他长相没有？”我问。

他把眼镜往下移，揉揉眼睛，说：“遗憾啊，他有关‘锯子’长相的记忆被完全地抹去了，要不他怎么能那么确定地告诉我，‘锯子’对他用了巫术呢。”

“大家，看在兄弟的面子上，答应我一个请求，”我把烟头怼进烟灰缸，起身要走，“我也是出于好心才说的，这几天都别给我抽水烟了……哈哈哈哈！”

“他是怎么落到我们手里的？”我发动引擎，心里疑惑不已。

最让我不解的是，所有盗窃现场的目击证人中，就没有谁见过他的脸。要不就是只闻其声，要不就只看到了一个影子。我想不到什么符合逻辑的解释。他不使用暴力，这是大家的共识。他会要求见到他的人别挡路，否则就不得不掏出手枪了。即便是说这话时，他的语气也极尽礼貌。

“哪种型号的手枪？”每次调查时的例行问题。

“其实我也没看到过。”每次调查时的例行回答。

谁也没有见过他，谁都不清楚他的名字，也没人能够描述出他的样貌。能为我们所知的，就只有警局探员们给他的绰号“锯子”——据传，他曾赤手空拳斩断铁丝网，而后从犯罪现场逃之夭夭。

甚至在某些人眼中，他的故事还有些许英雄主义的色彩。关于他的叙述中，那些被幼稚的人发明出来，用以形容对抗强权者的溢美之词俯拾皆是。他们把他捧到了英雄的位置，还慷慨地原谅了英雄的过错。

不少警员故意绕着他走，怕抓不住他，从而影响到职级的晋升。因此之故，给报纸媒体捉刀的那群杂碎把指摘的矛头对准了我们，说我们中有内鬼跟他合作，以一部分偷窃所得为报酬，为他逃跑提供便利。因为这群人，我们上司压力陡增，结果，批评我们办案不力的声音更加甚嚣尘上了。最终，我们上下所有的警官和探员共同约定，哪怕只剩一个人在职，也要把他缉拿归案。

我们约定的内容囊括了一些非传统的刑讯方式，美其名曰“刑讯加强版”，比以往的方法更极端，其中有的明显是安全法所不允许的。

国家安全法规已经被我们置若罔闻。每一个犯罪嫌疑人的手机来电，我们都要监听；每家银行的大厅，我们都安插眼线；每座停车场的附近，我们都派探员留意动向。我们的检查行动毫无规律，不放过任何蛛丝马迹；我们在光线幽暗的地方都设置好检查点，哪里有可疑的气息飘出，我们就立即闻风而动。我们导致的许多起交通瘫痪引发了上级的注意，上边发来电报，叫我们别那么兴师动众。电报里说，为了一个人就如此大搞安检，安排巡逻，情理上实在说不过去，还说，这样做会搞得市民人心惶惶。我们把这些电报往抽屉里一丢，该怎么搜查依旧怎么搜查。

我们抓了许多走私毒品的，还有卖淫嫖娼的——其中不乏有名号的小姐和老鸨。此外，我们还缉拿了许多伪装成宗教人士搞同性恋的恶徒，追回了不少偷来的车和走私的毒品，甚至还查封了多家造酒厂。这短时间内，我们遇到的人与事可谓光怪陆离：有人年纪已老，却出去卖身；有的小伙子吸食着怪异的毒品，搞着同性恋的勾当；坠茵落溷的失足少女、串通私情的家庭主妇、酩酊大醉的男人、渴求女人的女人……每天，我们都发现，这生活竟有这样丑陋的形态，这世界原有如此阴晦的面貌。每天，万象更新，下水道是变干净了，人们的垃圾却是一层又一层地堆积，我们越发地确信，世风日下，人心不古！

我们已经对道德败坏、兽性发作的事情习以为常了。和那些恶心的事情比起来，我们简直散发着道德的光辉。

但说了那么多，我们还是找不到“锯子”的行踪。

屡次失败之后，我跟同事们说：“压根就没有什么‘锯子’！”

我们追查跟踪了有近两个月，到头来却无力地得知，他和同伙又打算洗劫一家银行。但光有这消息有什么用？什么时间，什么地点？

我们迅速在各个银行大规模调遣警力，叫他们穿上银行工作人员的衣服，在路灯后面随时待命。等到差不多凌晨一点的时候，执行任务的警官猜测，连“锯子”的同伙也不知道行动计划的细节。

完全无事发生。

我们心中刮来一阵席卷的晦气，每人的脸上都挂着无能的愤怒。大家都失去了精气神，作为警察的激情也褪去了，我们像麻痹了似的，几近失去了思考筹措的能力。见此，地区探长、易卜拉欣上校宣布，搜捕行动告一段落。等到我们真傻了，他的职位也没了，一切就都晚了。

两天之后，线人报告了一桩运钞车失窃案。

证人们说，他们看到有个人开着法拉利，将一辆装甲运钞车拦路截下。那人轻易地打开卡车车门，亚洲司机吓得只会连连告饶。那人倒是没有伤害司机，只是抢了他的车，之后便扬长而去，豪华的法拉利就被他丢下不管了。我们发现，那正是警署总长儿子的那辆豪车。

我们命令那个亚洲脸的司机："给我们描述一下他的样子。"

他用结结巴巴的阿拉伯语回答道：

"我没看清他脸啥样。"

好在，运钞车都会与人造卫星对接，这给了我们一线希望。然而，第二天我们得知，工业区是没有卫星信号的。

"根本没有'锯子'这么个人。"

起初我无比相信这一点。从现有信息和数据来看，他已经不像是个常人，倒像是个传说了。那次行动失败过后，我和易卜拉欣上校说，"锯子"其人根本不存在，这个名字是经我们之口才得以诞生的。我们自己给它赋予了超人的想象，之后给每个搞不定的罪犯都安上这个名字。只不过是为了在安全部门的高官们那里保住仅有的面子罢了。

“他就和恶魔一样，是人长期被负罪感压迫后脑内幻想的产物。把它发明出来，只是为了缓解心头的重担。”

上校竖起手指，示意我说话谨慎些：

“萨勒曼上尉，你说话小心点，别信口开河。你要是想知道这世上的真实，不论是哪种真实，都不能去肯定，而是要去怀疑，怀疑会把你引向真实的。”

我还在等信号灯，纳瑟尔打来电话。话筒里传来他粗粝的声音，听上去跟疯狗别无二致：

“就是他！我指天发誓，‘锯子’现在就被关押在警局里，就在我面前！”

“离他远点，不可不防。”

事已至此，我曾经觉得，这件事原本就是安全部门用来混淆视听的谎言，好让人民忘了政府腐败这回事。没想到啊，他居然是个有血有肉的真人。

他终于不操弄巫术了？最终还是落网了？这个狗娘养的！我心中低吼。这条近乎醉呓般不真实的消息让我目力所及之处都醉呓起来，我整个人都神志不清了，车就这样穿过外五环。周四，深夜，道旁的路灯发出黄色的光芒，冬夜显得愈发的寒冷了。我的车子打着不起眼的闪灯，全速疾驰着，超过沿途的一辆辆车，从萨尔米亚区驶向警局。

他和神话里的动物似的被锁链紧缚着，会是什么样子？我难以料想。我的思考已经支离破碎，癫狂的想法不住地蔓延：我要先亲吻他的脑袋，再把我脚上的鞋插进他的喉咙，再叫那个上士纳瑟尔，那个基佬好好地调教调教他。

我等不及了。我再次拨打纳瑟尔的号码，提示他的设备不在服务区。应该是受到了警局里调查部信号阻断装置的干扰。

我兴奋地、好奇地、重重地踩着油门，用电话给易卜拉欣上校报告这个消息。电话响了五下后，传来他醉醺醺的声音，周围隐约能听到舞曲，他又在私宅里浪荡了。

“干什么？”

“干什么？我的消息包您乐一晚上。”

“快说，别败我的兴。”

“我们抓住‘锯子’了。”

“你说什么？”

“我说，我们抓住‘锯子’了。”

“老天爷，现在可不是撒酒疯的时候。”

“您来警察局自己看吧。”

“萨勒曼，你认真的？”

“纳瑟尔上士刚联系我，说他们抓住‘锯子’了，千真万确。”

“你别听那个蠢蛋的胡话。”

“他要不是有十足的把握，不会疯嚎似地跟我讲话，我听他声音就能听出来。”

“你在哪里呢？”

“正往警局赶呢。”

“那你亲眼确认后再告诉我吧。”

* * *

我第一次见到易卜拉欣上校的时候，恰巧也是我第一次参与调查部的审讯。他身穿运动服，站在审讯椅旁边，趾高气昂的样子活像只孔雀。椅子上坐的是个从其他阿拉伯国家来的职员，年事已高，被指控犯了盗窃罪。两个调查部的探员站在他面前。我当时还不知道那就是易卜拉欣上校，毕竟他看上去年纪没那么大。当探员们准备向那个职员的脸上抡巴掌时，我出手阻止，总觉得无论如何，对年龄大的人还是要报以尊敬。没成想，上校不容分说地叱责了我，叫我滚。我气上头来，大声问他，你算是个什么东西，敢这么和我说话？一个探员告诉我，他是全区的调查部总长。我怀恨在心地退出去，“砰”地把门关上。

第二天早上，他叫我来指挥部的办公室一趟。身着军服的他坐在我旁边，面色严肃，胡子是精心染过并认真打理的。他用平和的语气向我讲述他的原则，有意地向我示好。日后，这也成了我的首要原则：

“这世上有两种罪过：有意的罪过，和无心的罪过。萨勒曼，要是有人犯了无心之过，除非他损害了别人的财产和生命，否则就不应该受到法律的惩罚，即使要罚，也应当轻罚；至于有意为之的罪过，就要看犯错的动机，动机是坏的，那就罪无可赦，应受法律处罚，动机是好的，那就尚可宽限，要是于法有利，就可放他一马……所以你当时要阻拦的事，于我而言，丝毫没有良心上的谴责。你现在知道为什么了么？”

我若有所思地点点头，在我喝杯咖啡的空档，他跟我简略地介绍了自己的职业生涯。然后，我起身作别，在我开门的时候，他叫住我，微笑着说：

"他们有没有跟你说，你昨天不想让我们折磨的那个人自己认罪了。他玩弄了一个保姆，然后把她杀了。"

那次见面以后，上校与我的关系更紧密了。我能获得上面领导的赏识，少不了他为我疏通门路。我开始按他的命令行事，管它合不合法，都照做不误。于是，托他的福，我坐到了警察局调查部长官的位置上。

有天他对我说，我看着一脸淡然，却藏着一颗火山石般的心。我问他，您怎么看出来的？他说，多年的职业习惯让他养成了一种看人的敏锐。他笑着对我说，从我身上看到了当年的自己。

不过我现在才发现，他对我花了这么多心思，原因只有一个：让我乖乖地当他的跟班。

一天晚上，他邀我去他家里参加私人聚会。以前跟他共过事的人中都没有谁了解他家的情况，这份邀约可说是他对我信任的证明。就这样，我的情欲被系上了第一条绳子，日后的我，绳儿一拉，便饥渴难耐，不满足欲望不罢休。

难忘的夜，难忘上校在门前欢迎我时的面容。他笑着，工作时的严肃尽数退敛，全身的运动装显得他跟小伙子一样精神。他把我拽过来，开始轮圈地把我介绍给坐在客厅的四个人。客厅宽敞得很，右边角落里有个小吧台，吧台旁边就是连接三个内间的过道。客厅的墙上挂满了几何图案的油画。上校向那些人引荐我时，我不免惊动：

“向诸位介绍，这是我的好助手，萨勒曼·白德尔·拉吉上尉。”

他们嘴上表示欢迎，眼神却是傲慢地把我从头到脚打量了一遍。

“我来给你介绍，这是费萨尔大校，这是萨利赫上校，这是苏勒坦上校，这是穆赫辛博士。”

我诧异地望着他们指间持着的杯子，里面闪亮的液体分明是酒。在禁酒的科威特，喝酒是要受到法律处罚的。可这些法律的监管者和执行者却……我感觉受到了亵渎。易卜拉欣上校注意到我在杯盏上游移的惊讶的目光，打趣道：

“尊敬的萨勒曼长老，你就别这么正人君子了。”

我在他们之中坐下，面对他们的职级，再看看我的职级，卑微感油然而生。他们谈起了自己在安全部门的工作，然后把话题转向了各式各样的女性内裤，忽然又说上了国家的对内政策，还聊上了巴塞罗那的队员。从他们的聊天中，我听到，有流言称，美国在伊拉克丢失萨达姆·侯赛因的线索后，让他逃到了约旦。这些人觉得萨达姆是轻易就把巴格达交出去的走狗，由此得出了各式各样的假设。我全程一言不发，用微笑逢迎他们的笑话，听到他们的见解便点头同意。然后，门铃响了，上校起身开门，回来的除了他，还有鸨母乌姆·娜斯琳和她美艳的姑娘们。她叫她们在一间屋子里穿戴好，然后自己穿过大客厅，坐在我们中间。她狐疑地偷看我，目光落定在我杯子上。杯里的是橙汁，而不是酒液。她浓妆艳抹的脸上浮现出虚伪的笑容，从嘴里和鼻孔里呼出的热气在空气中漂浮，又消失不见。她扭动着丰满的身躯对上校开口说，语气中含着一股胆固醇味儿：

“哇哦……我们有新朋友了？”

易卜拉欣抬起酒杯向她致意，把我介绍给她：

“这是萨勒曼上尉。”

他喝了一口，然后满意地看着我，接着说，好像在特意取悦我似的：

“他是我工作中的左膀右臂。”

“真棒。”

她笑得有几分虚伪，然后愈发热情地说：

“您给我带了一个新人，我可是给您带了一群新人。”

她压低了声音，仿佛在说什么令人激动的秘密：

“给您带姑娘来啦，个个都是榨汁机。”

她荡笑着往空气里啐了口唾沫。

“萨勒曼，你怎么忸忸怩怩的，跟个黄花大闺女似的！”

上校没想到我会这么羞赧，他笑个不停：

“小伙子，咋回事？别跟我说你是第一次。”

乌姆·娜斯琳又啐了一口，依旧放荡地笑着：

“先给他开开眼吧。”

她招呼道：

“姑娘们，都过来！”

她们的高跟鞋哒哒地踩着大理石地面，衣服既短又性感，撩拨着男人的欲望，女性的曲线和波涛一览无余。

我们深吸了一口气，就连向来沉稳的上校都不禁发出“哇哇”的赞叹。

我们调整坐姿，惊喜地被佳人们团团围住。杯里的橙汁已经被我喝完了，我把杯底的冰块衔在嘴里，喀吱咬碎。

乌姆·娜斯琳为我选中了一位姑娘，朝着我挤眉弄眼：

“来呀，去给这位帅哥的杯里倒点喝的，让他体验体验做男人的滋味，然后就坐他边上。今晚一醉方休，跳舞直到天亮！”

我更加出汗了，更加羞怯了，也更加兴奋了。我的窘态真是惹人发笑。一位不羁的姑娘端着盛装威士忌的酒杯向我走来，我立马接过酒杯，姑娘风情地看着我：

“小狼狗，今夜就归你了。”

就好像堕落的种子已在我的心里生根多年，就好像我从遗失的回忆里重新找回美酒和狂欢的回忆，在那晚，我毫不迟疑地喝下了人生中的第一杯威士忌。仿佛我偶然之间找到了曾经自我的一部分。

强劲炽烈的味道多么刺激，酒液灼烧着我的咽喉，火焰顺着我的肠道游走，直到在胃里燃尽，又再次冲上头颅，将我的五感全都占据。何等的冲击！我没想到，那酒烈得我止不住地把脸扭作一团。我盯着黄金色的酒液与冰块缠绵交织，然后一饮而尽。那晚，我喝、喝、喝，好像头脑飞上了九重天，遥远地见察了这世上的万事万物。不惶惑了，不遵矩了，我什么都不在乎了。姑娘站起来劝我再多干几杯，直喝到我失去自制：

“有这等好事，你们这些人怎么不早点告诉我？大伙儿，我真跟上了天堂似的！”

笑声骤起，大家一齐哄笑：

“再过不了多久，你就觉得是受人敬仰的伟人了！”

“倒不如说，你这才算真正做了回人！”

“别管他们了，尽管喝，喝到你看他们像个人样为止！”

“音乐呢？”乌姆·娜斯琳大喊，“你们今晚一个个的怎么跟参加追悼会似的？姑娘们，拿起乐器，给我们秀秀乌德琴的技术！”

曼妙的海湾舞曲一响，具具身体随之站起，在客厅里左摆右晃，不知道是疼还是乐。

乌姆·娜斯琳大口啜着杯中的酒，朝着我大吼大叫：

“你怎么不来跳？”

她转头看上校，他正在旁边调戏姑娘：

“你家的警官是基佬？”

上校用他那庄重的腔调大笑起来，喊：

“萨勒曼……快动弹动弹……至少也像这样甩甩手。”

他就抬起手来，跟着音乐的节奏有来有回地挥舞着，我也依葫芦画瓢。

刚醒来的时候，我的头隐隐作痛，感觉头晕、恶心，浑身都疲软乏力。我发觉自己睡在上校公寓里的一个房间里，躺在双人床上，一丝不挂。

* * *

我在警局门口停了车，胜利的快感在警队成员之间弥漫。我的吐息散发着酒气，没什么好在意的，这里的人都明白，对别人的错误睁一只眼闭一只眼，就是在为自己犯错误提供互惠互利式的方便。

纳瑟尔上士咧着大嘴，笑着把我迎过去，两排整齐瓷白的牙齿，加上暗沉的肤色和短小粗壮的身躯，让他看上去活像一只凶恶的警犬：

“都谁来了？”

“报告长官，有我和‘老锡安’①。”

“其他人都去哪儿了？”

“今天是周四嘛，您懂的。”

“这帮婊子养的，要他们真是没什么用。你联系一下这些狗东西，告诉他们，要是不赶紧过来，没他们好果子吃。挨个通知到位！”

我们迈过警局的玻璃门时，他贴过来不怀好意地说：

“长官，有件大好事。”

我没好气地应声：

“你想要什么？”

“您不是知道我好哪口儿嘛。”

我盯着他那张粗糙的脸，暗自忖度：

① 原文为 الصهيوني，该词原意为“犹太复国主义者”、“锡安主义者”，这里为一位警官的外号。

“看来‘锯子’倒还是个帅小伙！”

* * *

四年前我就发现，纳瑟尔这人的性取向不太正常。当时，我们一起去突击卖淫窝点，打击酒犯和毒犯——这些家伙就堂皇地把货品丢在脚边。逮捕他们之后，我们把这些人拽到警局，用我们自己“特殊”的手段让他们招供。在某次突击行动中，等到嫌疑犯被抓到警局时，我发现竟少了个人。这种事发生也不止一次了，于是我疑心骤起。我没把少人的事捅出去，只是对自己说：

“准是有人收钱了。”

一天夜里，我们去突袭某个嫌疑人的寓所，我记得分明，总共九个毒犯，不多不少。我留安全部门的人清点收缴的赃物，假装自己要回警局，之后就躲在建筑物后面，在暗处看着我们的人撤出建筑。忽然，我注意到，被押送进巡逻车里的嫌疑人少了一个。我并不吃惊，自言自语道：

“可算是露馅了。”

队长命令他们返回警局，我接着等，直到周遭又安静下来。夜愈加漆黑了，我折回到刚刚被突袭的公寓里，蹑手蹑脚地，尽力不让自己在地砖上弄出声响。就这样，我摸进正门，看到门帘被拉了下来，后面透出一丝不易瞧见的白光。我再往深处走时，隐约听到有间屋里传来焦灼的喘息声，我持稳手枪，拔出保险，谨小慎微地往前探去，映入眼帘的是一个下身裸露的男子，他正骑在另一个男子上面。环境幽暗，具体的情状难以辨识。我伺机片刻，定睛细视，渐渐看清楚了，那张脸高潮到口吐白沫，淫猥地扭曲着，但我仍旧能够辨认出，那就是纳瑟尔。我看着他骑男而上，在性欲的迷惶中不省人事，我离他仅有几步之遥，他都浑然不觉。他身下的男子被绑着，双手捂面，乞求放他一马，别让他蒙受如此屈辱。纳瑟尔每插一下，他都发出痛苦的哀鸣。

实际上，这种违法背德的场景并没在我心里掀起太大波澜。不是说我觉得这是什么好事，而是因为工作性质的缘故，这样丧尽人伦的事情见得多了。我甚至都觉得他与常人也没有什么分别，但尽管如此，那时候，某种高尚的愿望涌入心头，我只想大吼一声，给这个世间留下点廉耻的底线：

“你这禽兽！”

他吓得从受害人身上跳下来，两人都急忙遮住裸体，狼狈地穿好了衣服。

纳瑟尔几乎恬不知耻地腆着脸在我面前站定，另一个男子低着头，羞愤难当，恨不得找个地缝钻进去。

压抑的静寂。片刻过后，我听到纳瑟尔不要脸地说：

“长官，跟您赔不是了。”

“别跟我赔不是，去找上面的人说去吧……”我又转向那个男子，“还有你……你俩以前认识？”

他抬不起头了，那点阳刚的气质都被按在了地面：

“不……我不认识他。”

然后他用颤抖的声音向我招认了事实。在我们忙着清缴违禁品的时候，纳瑟尔上士把他拖到了另一间屋子。待别人忙着清查工作的时候，纳瑟尔跟他谈好价格，然后把他他藏在床下面，对他说，只要付了钱，就放他走。

我说：

“好好记着这些事，到审讯人面前还用得上呢。”

他崩溃般瘫倒在地，把脸埋在双膝之间，嚎啕痛哭，哭啊哭，把我内心深处的同情心给哭出来了。

“求求您了，把我当毒犯，我认了，但千万别把我当……”

这么多年过去了，这是我最后一次对谁起过同情心。

我说不出话来，不知道该对这两个人说什么好！我想……揍他们一顿？还是把这两个人交给指挥部，然后如实报告情况，给那个双手被绑、崩溃倒地、掩面痛哭的被害男子作个证？我感到无能为力，感觉自己的良知还一息尚存。

我丢下他们，自己一个人驾车回了警局，一路上，我的脑子都混乱得不行。

几个月之后的一天，早上，我去突击检查日租公寓，搅乱了年轻情侣们的欢愉。那时候，我第一次发现了纳瑟尔上士的用处。他时刻准备着，对我可谓言听计从。我开始把他看作值得重视的一条狗，要说怎么调教那些从大学里跑出来、只为赤身裸体地躺在男友怀里找浪漫的女大学生，纳瑟尔最在行。

在泄欲之前，好好凌辱她们，也别有一番滋味。纳瑟尔就很会为我营造合适的氛围。他让安保人员带着她们的男朋友尽数离开，然后叫她们联系父母，这时候我就佯装打断。她们泪眼朦胧地向我乞怜，我自然是答应帮助她们掩盖丑闻，不过条件嘛，可就有些淫邪了。

“长官，您对她们做这些是为了什么？”有队员这么问。

“她们来这儿不就为了这个？”我答道。

“您说的好像没毛病。”他点点头，信服地离开我的视线。

就这样，以后纳瑟尔再和嫌疑人们作“交易”，再去凌虐模样俊俏的罪犯，我就睁一只眼闭一只眼了。

* * *

纳瑟尔呼哧呼哧地抽着烟，屁颠屁颠地跟在我后面。走过案件办公室时，有些警员东倒西歪地跟我打招呼，我机械地还以高高在上的微笑。在这个世界，警员和探员之间总得保持点距离，要做到这个，我再擅长不过了。我们穿过左边的过道，尽头是一间漆黑色的大铁门。那些警员们的职权范围就到此为止，大门后面的事情全由我们探员说了算。我往前走着，鞋子踩在大理石地面上的声音在四壁之间回荡。我喜欢这种声音，它让我觉得浑身充满力量。我回头看了看“镜牢”，这个地方和初见时别无二致，在通道中间，从硬邦邦的铁栅后面，散发出一股令人作呕的味道。有些亚洲的罪犯被囚禁在这里，男男女女，都在绝望中无谓地挣扎着。他们同快乐断绝关系，已经是很久、很久之前的事了。

我打开那扇阻断世界的黑色大门，里面便是属于我们绝对权限的领域。常言道，人之所以不同于动物，靠的就是那些独有的权利——在这里，他们可没有这些权利！我在这偌大的空间里环顾四周，我的办公室、探员办公室、档案笔录室、安全文件室……被我们称作“赌场”的房间就在最后面，那里是用来给罪犯“走流程”用的。

我进入“赌场”，纳瑟尔上士紧随其后，想必他那畸形的兽欲早已急不可遏。地方多么大，里面多么空，只有中间的一张审讯桌，和门右边角落处的器械柜。墙上镶嵌着一块又一块漆成灰色的隔音板，把铁栅内里的霓虹灯光衬托得愈加悚栗了。

“锯子”垂着头，僵坐在刑讯椅上，那个被称作“老锡安”的士官阿里站在前头，口里嚼着口香糖。

“老锡安”阿里是我们部里最壮硕的一位。他性情乖戾，没人猜得透他天天想的都是些什么。不管有没有什么特定的原因，他经常发火，同事们对此已经见怪不怪了。我听过的传言说，有次，一个被审讯的犯人往他脸上吐口水，他勃然大怒，直接把那人活活干死了。后面来的探员们都向着他说话，搞出了一份假报告，说那个嫌疑人死于过量服毒。没人能打包票，说这传言就是真事，我有次亲口问他，他也矢口否认，但我很有理由相信，这件事的的确确发生过。他这人个性嗜血，思想复杂，从来就不知道梦与幻想为何物。多数情况下，我都靠他帮我从嫌疑人的记忆里刨出久远的情报，要是我想要的话，只要“老锡安”出手，那些人就连做过的梦都能被我记录在案。他打人打得叫一个竭尽全力，富有奇效，任谁的嘴都能撬开，那人记得还是不记得的机密都能被他扒出来。他老早就不知道慈悲为何物了，天天变着法儿地给所谓“刑讯的艺术”丰富内容，所以我们叫他“老锡安”。

他脸色阴沉，面无表情，两只眼睛好像在盘算些什么阴谋，双眼间宽厚的鼻梁分外凸出，头顶光光的，毛茸茸的手臂健硕得像岩石，大拳头粗硬得很。他整个人好像就是为此而生的：让嫌疑人们认罪，认罪，认更多的罪。

我走向那具像被掐灭的烟蒂一般蜷缩起来的肢体，他两手被捆绑在刑讯桌上，真如受降的英雄。我仔细地打量着他圆圆的脸庞，有血顺着鼻子流下，嘴角处也有道深红的伤口。他约摸三十来岁，五官分明，透出一股机灵劲儿，怎么看怎么像是无辜的好小伙。

我注意到一道旧伤，应该是早年被利器划破了额头，这倒让他看起来像是会犯罪的人了。他长得精瘦，肌肉硬朗，血管突出，身材标致得像是奥运会的游泳运动员。乌黑的头发齐整地梳向一边，胡子有认真修剪过，皮肤也能看出精心保养的痕迹。他嘴唇上的小胡须不多，微微地往上翘着。身上的白衬衫洁白夺目，多半用的是好料子，上方的口袋和纽扣已经被“老锡安”弄出了几道破损。右手的腕子上带着一块数码表。这样一看，他的确有几分帅气。

但我难以置信，那个在内政部大闹天宫的“锯子”就是他？但过往的经验告诉我，小偷恰恰是最注重穿衣打扮的人。

在他深邃的眸子和额头的眉宇之间，有着什么我看不穿的东西，似在提醒我，是不是把什么忘记了。

我问“老锡安”：

“他招供了吗？”

他嚼着口香糖，面无表情地说：

“就算他是块石头也该招了。”

我问得更来劲了：

“他承认他就是‘锯子’了？”

“他不知道自己这么出名，但是所有偷过的东西他都承认了。再给我两个小时，我还能让他吐出更多。”

“就是你偷走了警察总长夫人的黄金？”

我一边问他，一边用眼神阅读着他的面部表情。这招是我多年从事刑讯获取的经验，不管犯人多么能藏，总会有什么东西不经意地从脸上泄露出去。不是瞳孔变大，就是眼角收缩，要么就是抖抖眉头，要么就是在死不承认的时候下巴微微收紧，眨眼的频率也有可能变化。在这种时候，就得用点别的手段来逼问，那他就不得不多吃点苦头了。

他缓慢地抬起头，费力又痛苦地开口说道：

“是……”他停了一会儿，才把话说完，“是我。”

他的声音尽管饱含痛苦，却着实低沉坚毅，我从他的表情里能够看出，他说的都是实话。他把目光聚焦在我脸上，似乎换他来阅读我的面部表情了。我看他是有点得意忘形，于是抬手给了他一耳光，一下把他的椅子掀翻，他跌倒在地，身体蜷缩。“老锡安”照着他的脸就是一顿猛踹，我把皮鞋踩在他脖子上，怒气冲冲地说：

“他妈的狗东西，你总算栽到我们手里了。五年了！”我一脚往他的胸上踢去，“五年了，我们跟狗似地追在你屁股后面，”他肚子上又挨我一脚，随即咳嗽干呕起来，“我今天就要彻彻底底地让你做不成男人，然后亲手给你埋进土里！”

“小子，是你活该，之后要是还想当男人，就接着偷我们啊。”纳瑟尔上士开口道。

我们又把他塞到审讯椅上，轮番用耳光和拳头招呼他，每当他想说话，“老锡安”就一拳擂向他的喉咙，叫他什么也说不出来，只能不住地干咳。

他滚落地面，我扑上去将他一通暴打，拳头所落下之处，他身体抽搐，本能性地伸展、回缩。一股幽深的隐秘感笼罩在我的心头，之后就是美妙的震颤，紧接着就是拳拳到肉的声音和呻吟的低吼所带来的快感的极限。他每呻吟一声，我的野性就增添一分，打在他身上的每一拳都使我切实感到自己身体的魁梧，感到他在向我伟岸的力量求饶。

我累了，从“赌场”走了出去。折磨别人的滋味带着曼妙的晕眩感在我的喉管里萦绕，起初是苦的，苦着苦着就变得无比的甘甜。就像有人每天都非要逼着自己慢走或跑步一样，或许折磨别人真能叫人上瘾。对那些锻炼的人来说，随着时间的推移，身体所受的压迫逐渐转化为主动索求的舒适感；但对我来说，这是自我的实现，这是对强权和蛮力的双重占有。同时行使着这两项事物的我，感受到了地狱般的快感，我觉得自己重获新生，坚不可摧，所有事物都要在我脚下俯首称臣。

回到办公室里，我点燃一支香烟，端起咖啡杯，想让脑子重新清醒过来。一眼望去，漆成深棕色的办公桌周围放着一套真皮做的办公用品，是易卜拉欣上校在我接到警局调查部长的任命通知后特意送来的贺礼。地上还放着个固定式保险箱，是我用来存放手枪的地方。目力所及之处，办公室大门右手边的小柜子上摆着许多假花，仿佛在虚情假意地问候着我。物品架上挂着各个执法部门的铁钥匙，旁侧的柜子里存放着我手头案件的资料，有的已经处理完了，有的还没有……这些简单的东西让我体会到自己的权力。

我联系了易卜拉欣上校，告诉他，那人就是“锯子”。

“你们可算是抓住他了……看来‘锯子’不是编的，还真有这么个人。”

“先别告诉别人。我洗个澡，然后就去你们那儿。”

我又回到“赌场”，发现“锯子”已经恢复了意识。他像坍塌的灯塔一样坐在审讯椅上，他伤痛的脸颊因频频的耳光而痉挛。我凝望着他。自始至终，他都没哭过一声，换做他人早不行了。这使“老锡安”觉得自己受到了挑衅。他打开工具柜，冷漠的脸上难掩孩子般的快活，从里面拿出了我们所谓的“实验设备”——皮鞭、棍棒、钳子、汽车电池、电线、挂着倒刺的铁阴茎，还有各种形制精巧、功能多样的好东西。

我靠着墙壁站了好一会儿，饶有兴致地观望着“老锡安”挖掘情报的过程——要是那人本来就痛苦难耐，事情就变得更有意思了。到最后的刺激一刻之前，他大可强忍着不叫出来，但之后就不得不像雕塑似地倒在地上，尽数放弃作为人的所有尊严了。

时间问题罢了，我们那时候抱着玩的心态暗自揣测：

“这人能在‘老锡安’面前撑多久？”

至于那些供词到底是真的，还是为了免受折磨而临时编造出来的，其实并不重要。重要的是报告里要有东西可写。这样，一桩耗时已久的案件就可以宣告完结了。

“锯子”讨饶的目光让我格外在意。它使我感觉无比光耀，为此，我不惜铤而走险，跨越禁忌。

要是有人觉得我这样想是忤逆人的本性，那就完全错了。首先，人的本性是什么？人类历史上不乏内心扭曲的英雄人物，他们迷恋杀戮和犯罪，我们却崇敬他们，还自发为他们开脱，责怪当时的历史丢给他们不用暴力就解决不了的问题。或许我的这种印象过分偏向与人之身份有关的现实主义怀疑论了，但是你瞧，那些宗教典籍里不也做出了相应的假设吗？认为人就是迷误和邪恶的，于是通过威逼利诱的手段，尽其所能地想把这些人拉入良善的家园。我们缘何为堕落而惊奇？它是人类心灵的一部分。那为什么不为正道而惊叹？它和人的本性相隔太远。

“锯子”看我的眼神越来越贴近了，而“老锡安”则正在台子上专心致志地摆弄着那些器具。他用我听不到的声音嘀咕着什么；真是不合时宜的发言，仿佛他在念着什么让我上身的魔咒。我走到他跟前，上来就是一记耳光，接着吼道：

“给老子大点声。”

他的声音仿佛是从记忆最深处挤出来似的：

“你是萨勒曼·白德尔·拉吉么？”

我早有感觉，他承载着某段我已忘却的时光。我明白，时间不会随着它的逝去而消失，而是以另一种形式不厌其烦地复现。一种我不愿表露出的模糊情感统摄了我。

我往后退了退，说：

“你难道认识我？”

记忆的死角松动了，里面的图像摇晃起来，有副光景刺激到我的头脑，告诉我，我认识他。我对自己说，“我是认识他，但他是谁来着？”或许像其他人说的那样，他在动用什么其他的力量和暗示的技巧？但我无比确信，我真的认识他。他的坐姿看起来那样熟悉，让我不可思议地想到某个熟识的人。脑海里浮现出一个十来岁的少年正坐在学校的凳子上冲着我微笑。我挪近来，更加仔细地端详他的脸，慢慢地揣摩……我们两个的脸似乎合二为一了，霓虹灯投射出的命运之光足以射穿孩提时代的恶戏所留下的伤痕，足以揭露表皮下方几近消失的隐秘。我静静地开口说：

“你是谁？”

他饱受伤害地说：

“主啊，萨勒曼，你直到现在还没认出我是谁么？”

一瞬间，整个世界都屏息不动了。我的心也跳不动了，我的头脑也不运转了。是他啊，但怎么会是他？我不懂，可毫无疑问，就是他，我不能比这更加确信了。心中仅存的余念让我说出了他的名字：

“你是哈米德……你是哈米德·谢克尔。”

他呼出一口气，把头垂向地面：

“萨勒曼，没错，我是哈米德·谢克尔。”

晴天霹雳。紧接着是心脏里深邃的岑寂。就连“老锡安”也从器械的准备中停下来，同我们沉入这片寂静中。他第一次看到我的脸色中不含仇恨，而是饱含怜惜。记忆暗流涌动，死水再次翻腾。

我打量着他的脸，兀自想着：终于找到你了。我艰难地开了口：

“你怎么会成这副样子？”

他默不作声地抬眼朝天花板望去，然后再次垂下了头，和其他人一样哭了起来，但眼神似乎在问：“那你呢，你怎么也成了这副样子？”

忽然，记忆里有什么闪动起来，时间的法则刺穿了我的意识。万事万物，只能往前，绝不倒退，唯有记忆，是倒流的幻影。记忆的堤坝轰然倒塌，奔流的情感一泻而下。

远处，学校的四周耸立着高高的围墙，里面在上体育课。纳绥尔·麦德鲁勒正高声朝我嚷着：“自私鬼，快传球！”

童年，是游戏人生的开局。

建构

他全部的记忆，即是他自己。

——@alm3theb

1

每当“吉南”这座城市的名字掠过我的心头，我的鼻腔总能真切地闻到一股沥青味儿。它坐拥科威特北部的要冲之地，距离中央监狱仅一街之隔。科威特政府给城市选址的时候，指南针的磁针指着最适合的方向，一直都指着最适合的方向。无疑，这样的好位置，让这座城市成了狱友们眼中后世的“天堂”[①]。吉南离大海说不上近，也说不上远，这种居中的感觉，却最为恰如其分。海风吹起了湿气，裹挟着陆地的旱意，造就了吉南全年温和喜人

① 文中的吉南在阿拉伯语中写作“جنان”，是天堂“جنة”一词的复数形式。

的气候。上空掺杂些飞沙扬起来的尘风，四面空旷，是很多流浪狗的容身之所，成了我们日后的风水宝地。

日出，常常是我记忆里种种图像的背景板。一所所学校蹲踞在城市的中央。两层式的房舍被粉刷成黄、白、红三色，像便利店货架上的罐头似的，整齐地排成排。弯弯曲曲的道路如同大脑中的沟壑般崎岖蜿蜒，白色的灯杆结结实实地扎在人行道的路沿——没意思的时候，我们总觉得，把它们砸了也无何不可。土质的空地上最不缺的就是足球门和赤着脚在地上飞跑的两队小孩；除此之外，还能看到另外的孩子排成了队，做好了准备。他们面前的地上画着一个圆圈，中间整齐地摆放着许多玻璃球。按照不成文的游戏规定，谁能用黄麻杆把其中的一个球打出圈外，就判他获胜。我们在逼仄的深巷里第一次尝到了吸烟的滋味，我们在墙上换电箱的表面刻画上每人名字的涂鸦——不是身份证和档案上的名字，而是我们互相取的、用以和家长作对的诨名，这种名字听上去才接地气，比真名来得真实多了。这一幅幅过去的图景，大体都是欢欣的。街上总有小孩跑来跑去，他们是这世界各个部分的缩影——不是整日板着脸的成人世界，而是玩法各异、漫无忧虑的另一个别样的世界。

一个尚不知忧愁为何物的崭新地界，住的是来自不同民族的各色阶层。他们都是公民，这个身份将他们彼此相连。是政府分配了他们的住宅，也是政府夺走了他们的住宅。原定面积的四分之一被政府抢了去，倒是没什么人出来表示反对。毕竟，即使是剩余的这四分之三，也已经超出这些住户的期望值了。就靠他们微薄的薪水，无论怎么攒钱，凭一己之力也住不上这么宽敞的大房子。于是，房租的重担压上了他们的双肩。他们不再奔走了，在那里为新组建的家庭找到了稳定的住处。他们本能地感到安逸，便顺理成章地专心生育。孩子多了起来，生活成本也随之多了起来，有些房主被迫腾出四分之一的面积用来出租，以获得一份额外的月收入，来缓解家中开支的压力。就这样，又来了新的家庭，又有了新的孩子，街上的欢笑更甚了，玩乐的游戏更丰富了，生活是一派天真的景象，童年是生活的主色调。不过烦心事总归是有的，那里的人们在看待事物的时候，用的都是自己的那套处世的哲学，根据的都是各人对人生之用的各自的定义。

* * *

我还记得家里面油漆的味道。地砖上铺了毛织地毯，房间的天花板上悬着用来接灯具和风扇的电线。屋外是一圈木藩篱，圈里是房前的小院，我很喜欢。家里铺地砖之前的那股浓厚的土味我仍记得真切，至于工人们是如何给我家布置好家具的，他们是如何被我父亲怒批做活儿不细致的，我就想不太起来了。

但我母亲并不相信我对这些事还有印象，毕竟 1982 年搬到这里来的时候，我才三岁——她觉得这个年纪的儿童脑子里还是一团浆糊，所以是不记事的。我跟她说，我家的门起初是棕色的，后来我爸又把它漆成了黑金色，这我还记着呢。她笑着对我解释：

“保不齐是你五岁时从你爸那里听来的，结果你记成自己看过了。”

在我母亲那里，万物必有因，万事都有源。我相信，自己就是从她那里继承了崇尚理性的习惯。因此，我对那些凭靠宗教解释的玄乎事儿都不屑一顾。

和我母亲关于童年的那场谈话着实奇怪。她不相信我那么早就有了记忆，我告诉她说，我还记得比我大两岁的哥哥曼苏尔，记得他因受伤而丢掉了性命。那时候他正在我爷爷家门前，一辆汽车从他身上碾了过去。怪哉！除了这些奇怪的回忆，我真是什么都记不得了；而且他们带着他跑时，我应该还没到三岁。我对母亲说，当时曼苏尔的短裤是蓝色的，还穿着系带的运动鞋，发型从额头上分开……我把每个细节都仔细地讲给她听：一辆汽车突然降速，轮胎发出刺耳的声音，远处传来人们断断续续的喊声，说是发生了本不该发生的事，什么“赶紧去事故发生地”啦，什么“地球都不转啦”，诸如此类的内容。那次之后，她就再没和我讨论过童年。

我记着自己还经历过这样一件事，现在想来，也不知是幻想还是现实。有次我坐在我爸的车里，就是他车里的副驾驶位，我貌似是哭了，顺着前玻璃看到了我爸。仰倒在地的他被四个男性的身影一通乱踢，他蜷缩着身体，面容因极度的疼痛而扭曲，嘴里却不停地骂骂咧咧。

我不记得到底有没有这回事，但总感觉的确是有。

＊＊＊

我熟知的世界就到家门口为止了。此后，我早早萌生出的探索欲给我打开了新世界的大门。我总感觉有个禁忌的密语者时常凌驾在我探索欲的头上，仿佛在伺机而动。肯定是我母亲把他植入到了我的小脑瓜中，然后在我的睡梦里给他开了一扇门。他睁着鲜红的双眼，露着尖锐的獠牙溜进我的梦中，欺负我，再逃离我，能救我的只有我母亲轻轻抚摩我头的手掌。醒来时我察觉到，睡梦中的我曾在哭泣。

我长大，这个禁忌的家伙也跟着长大，他的凝视，他的图像，他的构成……等等，伴着我成长的每个阶段不断增加。恐惧的心绪朝我的心中袭来，恐怖的感觉显得不可撼摇，最终，我甚至想到了死亡的样貌。

我站在门口，眼前发生的每件事，都是我人生中的第一次，宛如宇宙正在我面前不思议地建构，就像动画片里那样：黑帽子的魔法师挥动手杖，房子里闪出一道光，手杖再次挥动，光芒又闪烁一下，一颗橙子树长了出来。然后他摘下帽子，一只鸽子飞出去，一群兔子跳起来，最后从帽子里走出来一个人，拿起魔杖，扬长而去。

我目睹太阳从地平线升起时的壮美。“将它拖到底下的又将是谁？”这样疑惑着，我开始寻找拴在太阳身上的缆绳，那根我幻想中被无形的手紧紧握住的缆绳。我并没找到。我面朝天空，极目远眺，直觉告诉我，这是只有鸟儿才能做到的事。我钦佩树木从地缝里破土而出的样子，在想象中，我自己变成了一株植物，我的影子和我那么像，我的影子古怪地模仿着我，而我则仔细凝视着我的影子。宇宙的道路上满是疑问，理性脚下的距离无休无止……多希望我能在初次见到宇宙那天工之完美时便能将其摹写临描，可词语的细线却怎样也织不尽我那时的惊奇。

我初来世间，一切都新鲜。

我讶异地看着世界打开自己的门闩，永恒的问题在人类须臾的理智中间呈现。我问自己，将我们从帽子里掏出来的魔法师，他在哪儿？我正在每件事物中找寻他的踪迹呢！

我那身板纤细的父亲正忙着喂他的鸽子。在屋顶上，他特意为鸽子们搭建了一个木塔。香烟在他的指间点燃，烟雾从他的嘴里吐出，我问他：

“为什么鸽子能飞，我不能飞？”

他心不在焉地说：

“真主叫它飞，它就飞；真主叫你走路，你就走路。”

他伸手打开其中的一个笼门。我不依不饶地说：

“真主是谁？”

他用手指掐灭香烟，不想再浪费口舌：

“儿子，真主创造了你，也创造了鸽子。”

“但是鸽子是飞的，我们是走路的。”

我缠着他追问，觉得两个不同东西的创造者是一个人，简直太稀奇了。他向我猛地吼了一声：

“快别烦我了……我得喂鸽子了，找你妈去吧。”

在社交方面，我爸算得上难以相处。这样一来，他既没有什么朋友，也没有什么冤家。他对大家都一视同仁，平等中带着轻慢，只有极少数票友例外，他们和他有着相同的爱好——玩鸽子。

鸽子是他眼中真主创造的最精美的作品，狗则仅次于鸽子。两者都是他百宠不厌的心头好。他照管鸽子和狗的日常习惯多年未变：作为公司职员的他从班上回来，睡午觉，在晡礼过后醒来，然后到房顶上去找他的鸽子，光是看就能看上大半天。鸽子抖翅向天空飞舞的时候，他也快活地微笑，满意地吐着烟圈，一支接一支地从烟盒里拿出烟，放在深色的嘴唇边抽。

我一辈子都没见过他祈祷。哪怕是在人不得不求助真主之力的动乱时节，他也是背过身去，对着空气吞云吐雾，毫不关心此后将会发生什么。有人劝他礼拜，他数着手指头说：

“我这一辈子不偷不抢，不骗人不行贿，也不杀真主创造的生灵，我有什么好祈求宽恕的？”

他执拗上了，越说越来劲：

“有人不礼拜，也不对真主的奴仆们作恶；有人醒来第一件事就是做晨礼，但他把别人的钱财偷走，把人家缴纳的天课拿走，然后捋捋胡子，说，真主啊，宽恕我吧。来评评理，真主更中意哪种人？”

他很讨厌太过虔诚的信徒，觉得他们道貌岸然的外表下隐藏着龌龊的行为。要是他们真是大善人，为什么还去怀疑真正的善人呢？

那次，我跟我们的邻居艾布·穆阿兹去了清真寺。他经常带着街坊的小孩们去参加清真寺的讲经班。我父亲当时没注意，待他发现时，他先是当着我的面啐了一口，然后把我拽出了清真寺。

我至今难忘。在大门口，他告诉我：

“你要是想拜真主，就自己拜，离这些‘没卵的玩意儿’们远点，听明白了么？离他们远点。”

我看过他以跪姿表示感谢的样子，一次，一辈子就仅只一次。为了表达谢意，他几乎把头贴上了地面。此事之后再提。

我母亲则是个爱工作的女人，责任心强，把义务的意义看得很重，但凡是人们在意的事情，她都格外在意。这种责任感还延伸到我的行为上。我要是犯了错，就等同于她犯了错，我要是做得对，她也感到满意。

我不知该怎么描述我母亲好，感觉她就好像那些天上的东西，我们用以描述的词汇不过是辅助理解的手段。她是高还是矮，是美还是丑，是胖还是瘦，我都说不出来。因为母亲是一切语言中确定的意指，是每处地方的同向，是每段光阴的共时，无缺，无瑕，不多不少，除了唯一的字眼，其他都是赘余：我的母亲。

她总是忙忙碌碌的，忙着给她学校的学生们备课，忙着检查作业本，忙着批改考卷。等到她腾出时间专心收拾家务的时候，她便把注意力格外地放在内门后面的小花苗上，给它们浇水，剪枝，倘若觉得它们不似以前那么新鲜了，便施上几把肥料。喂她养在客厅墙上笼子里的夜莺也是一大乐事，清理它的脏物也乐此不疲。每天午后给家里熏香，是她雷打不动的功课。她为我冲澡时都是用冷水，坚称这样有助于提高我的免疫力。忙完我的事，她转头又去查缺补漏，准备饭菜。吃过晚饭，她携一沓白纸坐在我旁边，先给我画字母表，然后要求我准确地依样照抄。

那时的我需要好长时间才能静下心来好好做一件事，可想而知，这种严丝合缝的早教对我有多么辛苦。到后来，她对我的教导已经让我有了心理压力，以至于晚餐之后的我见她快要刷完盘子，就赶紧跑回房间装睡，渴望逃过一劫。

哥哥死后，我就是他们两人的独苗苗，现在依然如此。

* * *

不知什么缘故，他们两人之间有了“时空的隔膜”。就算直到现在，我也不清楚各种缘由。五年来，我一直和母亲住在姥爷的家中，只有逢年过节才能见到父亲。一年中，也只有逢年过节时，我父亲才会换下睡衣，穿上正装，好好带上用头箍固定好的方巾。

我在姥爷家里度过了上幼儿园的时光，之后要上学了。小学时代没有发生什么特别值得铭记的事情，不过是些许相似的光点，是记忆这张报纸上频繁复现的剪贴画：早餐奶，姥姥在地毯上的絮叨，母亲的小汽车，学校门前跟妈妈求安慰时毫无征兆的泪水，沉甸甸的书包，讨人嫌的老师，下课时的铃声，放学时的拥堵，针扎到屁股上的刺痛，折断的铅笔头，本子上老师用红笔画的小星星，在母亲面前趴着写作业，士力架巧克力包装，熏香的气味，电视播放的动画片，母亲喂我吃晚饭的手，我的外套，我洗澡时的冷水，煤气的味道，暖烘烘的油汀，树木和枣椰，年迈的姥爷走向屋门的步履，药的苦味，看了就开心的冰激凌售卖车，和舅舅姨妈家的孩子在院子里玩的场景，理发师的大剪子，动物园，节日服装，父亲探望我时乞求的神色，骑自行车时掉下来的我，爷爷家那条路上的灯杆，飞机，同舅舅家的孩子在陌生的地方玩，枣椰，枣椰，还有系得紧紧的鞋带儿。

* * *

小学的最后一天，他们两人的关系又回到了原样。跟我们回来的还有一个新家伙，皮肤棕色，在家里忙前忙后，整理整理这儿，清扫清扫那儿，帮着准备餐盘，老是点头憨笑……她就是我们的保姆。

真无趣啊，我着实感到时间流逝的拖泥带水。我在电视机前度过了绝大部分的时间，看的那些节目连大人都感到无聊，小孩子看了，更是把电视机当成了惩罚道具。周末的日子是我的小确幸，我会和舅舅和舅妈家的孩子们聚在姥爷家里宽敞的院子中，兴致勃勃地把五年里存放的小玩意儿拿出来摆弄。这可谓平淡日常的好消遣。我跟他们玩得很莽撞，还有点对抗的意思在里面。我总能用各种各样的方法释放出内心里暴力的成分，仿佛变成了另一个人，想要伤害别人，自己也伤痕累累。在扭打与争斗中，我整个人变得亢奋，满嘴都是从我爸那里学来的污言秽语，出手也很重，叫我愈发在残忍的感觉中执迷。

玩完了，闹够了，探望结束了，我们该各回各家了。母亲小汽车的窗外，明灭的路灯杆一根根经过我的身侧。我们在回家的路上，后悔郁结在我的心里，痛楚而又绵长。

每次回家的时候，我都盼望着时间倒流，让路灯从反向再经过我们一次，我好回到那些我和姨夫姨妈家孩子争吵的时候。我想道歉，想请求他们的原谅，想对他们说一句，是我错了。

＊＊＊

父亲和母亲之间爆发了尖锐的分歧。我父亲从他脑海的大字典里掏出了各种花样的恶言骂辞，顽梗地、死硬地对着母亲狂轰乱炸。

为什么呢？我母亲不让他在家里养狗，而他却非要在房顶养狗。两个人都有想法，实现了你的，就不能实现我的，争执便缘此而起，这我还是头一次见。

“谁告诉你我要把它当儿子养的？它只是用来看家护院的。”

“它能看住什么？”

“鸽子啊。”

“谁会偷你那群贱鸽子？”

“贱？我最贱的鸽子也比你金贵。”

“当着我儿子的面，你嘴巴给我放干净点。”

“那你就别跟我说养狗的事。”

“不是有你了么，还要狗干什么？”

“你说什么？”

“……”

“你说老子是狗？”

"……"

"你才是狗，你这个贱货……天杀的，谁生下了你，谁把你嫁给了我，我让他遭天谴！哪怕我娶了只狗，也比娶了你好，家里也比娶了你出息！"

"放尊重点，别扯到我家里人身上，你别忘了，要不是我家里人自降身份，你能娶到我？"

"你不嫁人，他们有什么损失？露露，你给我听好了，你要是不愿意，就找你家里人去，跟他们说，说他宁愿娶只狗也不愿意要我，走之前把门给我关好了，我的狗还得进来呢，就让它睡你床上！"

童真的我不合时宜地加入了他们的对话。我问我父亲：

"爸爸，那我也要跟妈妈走嘛？"

他暴躁地喊道：

"跟她滚吧……烂树结不出好果子。"

母亲提高了音量，生气地说：

"我们俩的事和小孩有什么关系？别没完没了，那好，我们躲你远远的，你就跟你的狗过吧。"

她转过头去，假装去收拾厨房，故意离开我身边，好不让我发现她在哭。最终，她不得不接受我家有狗这一既成事实。

家中也传遍了我的哭声。爸爸不要我了，我心要碎了。我朝着门跑去，想找到那个把我从帽子里面拿出来的魔法师，把我送回帽子里。门开了，金属的连接处发出轻微的响动，同我心中的悲伤交相和鸣。已经是午后了，倘使我父亲没说过那些话，那阳光该有多么和煦呀。我感到空气中刮过一丝丝柔风，朝街上看时，那里寂寥无人。好希望心里住着的那个罪人赶快过来，把我带走，再也别回来了。我忧伤地坐在门前，往日对眼中事物的新鲜感也不见了，世界就像我母亲叫我抄写的字母表一样无趣。我把头埋进手中，想，今天的爸爸心狠得像块石头！许多事情一股脑涌进我脆弱的心房，从那时候起，我就打心里恨上了他。我做梦似的想，他变成了一只鸽子，已经飞远了，再不回来了。忽然，曼苏尔哥哥的样子浮现在我眼前，我想，姨夫姨妈家的孩子们何其有幸，能出生在那样美满的家庭。至少他们还有兄弟姐妹一起玩，而我呢，孤身一人，家里的房顶上有了鸽子塔，又要住上母亲讨厌的狗，总归是没人喜欢我。

在我深陷脑海中杞人忧天式的幽暗想法时，我发觉，自己因为没有兄弟陪玩的忧伤，逐渐转变成了莫名的发现：我肯定能找到新的小伙伴一起玩，很快就可以营造出崭新的小世界，我将融入他们，分享他们的生活方式。可这只是感觉而已，最多不过是感性的波澜，是我太寂寞罢了。

倏然间，我看到两个和我年纪相仿的少年，他们正在追一条流浪狗。那只瘦小的狗钻到了我母亲奔驰轿车的底盘下方，受了惊吓，看上去像是被扔的石头砸伤了。两个少年都穿着短裤和经常用来打底的白汗衫，其中一人的衣服染上了红色的果汁渍，从胸口直流到短裤的中间，两人的裤脚都沾着泥污。我看着他俩围在车旁，试着把狗弄出来，一个人手持棍子，另一个握着石块。我上前去，示意他们，那狗就在后车胎的位置附近。然后，孩子爱玩与合群的天性驱使我加入了他们。他们说，彼此已经足够认识了，互相信任没问题。没有之前的请求，没有预先的同意，我就这样跟在了他们的身后，挨街挨巷地去抓那条挨了揍的流浪狗。

我很快就和他俩熟络起来了。第一个是纳绥尔·麦德鲁勒，他长得瘦，脸形也小，由于天天在太阳底下玩，皮肤被晒成了棕色。他家位于街端。第二个是我们邻居家的孩子，叫易卜拉欣·萨阿德，这个小胖墩脸圆圆的，血色红润。小肚子鼓鼓的，汗衫的下摆都被撑了起来。

那条狗跑了，流浪狗总是擅长逃跑。我们坐在空地上，你一言我一语地说着关于流浪狗的虚构故事，内容都是些什么“曾经，在惨烈的死斗过后，我将那些流浪狗干掉了”之类的。说起故事来最不讲逻辑的当属易卜拉欣。他说，自己变成了强壮的老鹰在天上飞，有狗想要咬他的父亲，他用利爪将那条狗撕得粉碎。稚气的我们听得停不下来。

隐秘的手把太阳拖下去了，到地平线处消失不见了，我们都等着讲故事的人说完后轮到自己来讲，讲的故事极尽破坏之能事。

* * *

傍晚，我回到家中，看到母亲满脸不安。子女刚离开视线，做母亲的就情不自禁念叨起来，势必是发生了不好的事。她坐在院子里，打开大门，面对着大街等我。心焦的她如坐火炙，一把将我揽入怀中，几近要哭出来。日落时分，我父亲已经出门去寻找我了。

她把我领进浴室，我用冷到皮肤打颤的凉水洗了澡；浴室外的她则是反反复复地述说着，我在街上走丢了，她太担心了。

刚吃过晚饭，我父亲就从外面回来了。他没有责骂我，什么都没有说，只是安静地盯着我看，眼神仿佛在说，见我平安无事，他也就放心了。然后他就上了房顶。

我上了床，满心的快乐几乎要溢出来。我这就有了两个朋友，他们都愿意跟我玩；平生第一次，我知道了有朋友和我共同探索新世界的感觉是何等美妙。

母亲关了灯，在我身边躺下，开始给我讲那些结尾终究是邪不压正的故事，我一如往常地听到她令人感觉温暖和安心的声音。那天夜里，她给我讲：从前有个小朋友，他从自己家跑了出去，然后找不到回家的路了。于是坏人把他抓走了。嗳，这些故事里的坏人老是突然出现，听起来不太有说服力。他们把他藏在了一个遥远的大洞里。几天几夜过去了，他们什么都不给他吃，小朋友哭着叫他们把他送回去，说，我再也不从家里跑走了，忽然，小朋友的爸爸破门而入，打败了坏人，把他从洞里救了出来。我问母亲：

“小朋友为什么要从家里逃走呀？”

她回答说：

“可能是他对什么东西不开心吧。”

“那小朋友们对什么东西不开心，是不是就可以逃跑呀？”

“不可以，不可以哟。”

她正过身子，把手放到我的脸上，接着说道：

“如果小朋友们遇到了什么不开心的事，就要去找妈妈，告诉她，是什么让他不开心哦。”

“那小朋友的爸爸是不是在房顶养了一条狗呀？”

她被这问题逗笑了，说：

“那我就不知道喽。”

片刻的安静之后，屋顶上的狗叫了一声，她随即说：

“小朋友的爸爸肯定没养狗。”

她给我盖好被，在我额头上亲了亲，然后就出去了。房门半掩。

* * *

她怕我跟街上的人学坏。纳绥尔和易卜拉欣每到下午两三点的时候都来我家敲门，邀请我再到街上搜索流浪狗。但我母亲不叫我和他们走了。在和他们追狗的短暂日子里，我已经学会了不少招数：怎么用棍子打，怎么用石头砸，怎么找出它们躲在哪里。

它们通常都是成群结队地出现，少说也得有三只以上。它们走路的时候耷拉着头，一脸愁容映照出不堪重负的内心。它们为了食物和居所不停地流浪，为了躲避夏天的骄阳，为了抵御冬季的严寒。它们通常栖身于潮湿的地方，要是有机会睡到支起的棚子底下，更是绝不错过。只要太阳当空照，它们绝不汪汪叫；待到日落宁静时，才会追着东西跑。尽管如此，胆小的它们不敢把任何人伤害到。

母亲下的禁令让我心里很不舒服。好不容易我才在街上找到了完完全全的乐趣，可不能叫母亲在家里对我的监视毁掉。那是自由的恩赐，自由啊，被我母亲的决定扼住咽喉的自由，战胜了我的意志的自由！

她只允许我和他俩在家里玩，就在她的眼皮底下，一旦她发现什么不得体的举动，就即刻出手纠正。

我越来越向往锁住的门后面的宽广的世界，愈发羡慕起流浪狗们的生活。它们从始至终都生活在外面，想躺在哪里就躺在哪里。倘使它们有点自我保护的能力，再有点伤害他人的本事，它们肯定会是令人尊敬的生物，它们将化作自由的永恒象征。

* * *

那天午后，她午觉睡得比往日都长。我趁其不备，偷偷去找我的两位好朋友。夏日的太阳灼烧着大地，我光着脚，身穿白色的短裤和汗衫。我特意把几滴果汁弄到了衣服上面，让自己看上去像是个流浪的小孩，这正是我心中所盘算的。压抑三天之久的欲望在我的心中集聚着，沸腾着，我向流浪狗们蹲坐的地方冲过去。我家院子后面的学校围着一圈围墙，那里有它们的身影；附近的沙土巷子里有些报废了的破车，车底有它们的身影；我家那条街道后面的两条街附近有个空地，里面野生的刺枣树下也有它们的身影。

直觉告诉我它们会在哪里出现，我只要遵从直觉就好。我仔细寻觅着它们的踪迹，我的两个小伙伴老实地跟着我，不问任何问题，对我对方向的把控深信不疑。一路上，我不出声，不停地走，直到有只流浪狗出现在我们的眼前。它还是只小奶狗呢，在坏车的底下趴着。我顿了顿，屏气凝神，幻想着我内心渴望的收场方式。仿佛有过先前的经验似地，我用尽十岁少年身体的全力扑向它，抓住了它的尾巴，把它从汽车底盘下面揪了出来。它叫了，声音中的恐惧让我甘之如饴。我为它音调中传来的崩溃而雀跃，享受地听它从两肺之间挤出来的屈辱的悲鸣。我不知道这种情感从何而来，到底是谁在我心中作祟呢！我能意识到的就是，此刻的我所做的远不止是娱乐。我用棍子痛揍着它，朋友们都惊呆了。我听见它体内骨骼破碎的声音，小奶狗四只脚刨着土试图逃脱，奈何我的手指像火钳似的嵌在它尾巴的肉里。我铁了心地要让它出点血，它则死命地把脑袋往前伸，想要远离我的棍子。听着它的脑袋嘎吱作响，我爽翻了。我无需说声音与激发性欲有什么直接联系，小狗的哀嚎灼烧着我的欲望，刺激着我观看它的惨状。让我切肤地体验悲剧的煎熬吧，这正是我苦苦寻觅的。

我是万能的，我是强力的，这种感觉冲挤了我的内心。我看到自己变成了精彩绝伦、毫无瑕疵的完人。

纳绥尔低声说了句：

“行了，那狗要没命了。”

我看了他一眼，他被我的状态吓坏了。仿佛我的表情勾起了他心中的惶恐。从他翘起的眉梢、瞪大的双眼和变圆的嘴唇中可以看出，他既害怕，又怜悯。我咆哮道：

“我不弄死它不算完！”

纳绥尔高声说道：“萨勒曼，罪过啊！”

我朝他低吼时，似乎有个大人借我之口发出了声音：

“我告诉你，它—会—死。”

我确信自己揍它的头时下手够准。至于易卜拉欣，则是张大了嘴呆坐在一旁，眼看那只小狗在地上挛缩，逃跑的动作渐渐地消失了，它听天由命地倒下去，筋疲力尽地任由我殴打。我残酷地打，棍棍到肉，眼前只剩下血淋淋的头颅和殷红色的牙齿。最后，它像被雷电劈中一般抽搐着身体，忽然猛地抖了一下，之后一动不动地僵死在地上……咽了气。

打狗事件之后，纳绥尔和易卜拉欣看我的眼光都变了。他们再没有反对过我的意见，就连他们和我说话的语气，也从指令变成了恳求。在他们身上，我看到了毫不犹豫的顺服。

我回到家，看到母亲一如既往地坐在院子里等我。那天发生了什么，我半点都没同她说。她先是训了我，然后捏了捏我的耳朵，就把我推进了寒冷的浴室。

次日，对我的禁令更严格了。屋门被用钥匙反锁了，外面还加装了一个带锁的门闩。两个朋友也没办法再来找我了。我再次陷入了在屋子里独处的孤单，被隔绝在死气沉沉的电视节目前，被囚禁在母亲的担心与忧虑中。

＊＊＊

难捱的一周过去了，除了去我姥爷家，除了在母亲的陪伴下去市场，我没出过家门。

街道、纳绥尔、易卜拉欣、狗，四者在我心中构筑孩子们那种信以为真的幻梦。他们就是我愿从世间求取的全部。

每每忆起我在狗的身后飞跑的画面，我沉郁而悲伤；离他们俩越是远，我就越思念他们。

一天午后，我听到他们俩的敲门声，正是我的禁足令最严格的时候。我明白，破车底盘下又去新的狗了。我母亲隔着一本杂志的封面盯着我，说：

“不许回话。”

我任由他们离去，不做答复，敲门声逐渐弱了。我渐渐有感觉，他们赤脚的脚步似乎正一点点远离我，这时，那只被我杀掉的狗仿佛在我胸口挣扎着，求我再多揍它几下。电视机的色彩变得黯淡，储物柜里的玩具蒙上一层黑暗，生活中不再有乐趣可言了。

可我的本能始终找寻着新的出口，和其他小孩子一样，如果现实与期望不符，就要用身旁的东西发泄。我对照自己的愿望幻化身旁的世界：客厅是土质的空地，椅子是一只只狗，待到母亲不在，保姆又忙的时候，我就抄起扫帚柄一通乱打，把上面的漆都打掉了。但这么做根本感受不到活物正在忍受痛苦，没有吸引力，没有畅快，没有那种阵阵涌来的震颤——用官能之电点亮快感之灯的震颤。

我叫我母亲给我买一个小狗模型，身形要纤瘦，被她拒绝了。她怕我以后养成我父亲的做派。

我的无聊更甚了，食欲减退了，萎靡不振的状态让我的胃缩小了。见我瘦得那么快，我母亲很担心。她见我以前的裤子从腰上滑落在地，脸上的血色也消失了。她带我去求医，医生在我的喉咙里探了探，对着他的手指思索着我胃病的原因。看起来我没患什么病，于是我那有着智慧和理性的母亲从文化的因子中求取答案，说我遭毒眼了，还说，这毒眼一定是在我去姥爷家时害上的，因为我除了那里没去过别的地方。

就这样，我们再去姥爷家时就不是周末了，而是其余的工作日，那时候，宽阔的院子里只有我一个人。窒息感更加强烈，心头的压抑越扩越大，神经焦躁不安。就这样，我开始破坏家具，学着父亲朝母亲破口大骂。

＊＊＊

无聊让我觉得时间停滞了。那天，我突然想到，“我父亲在房顶上养的那条狗怎么样了？”问出这个问题时，我心中的巨浪分明正在翻涌。几周以来，我脸上第一次浮现出恶魔的微笑，那是确信自己将成为征服者的微笑，承担着我尽数的恶意。父亲睡午觉时，我蹑手蹑脚地登上楼梯，手中是一柄尖锐的厨刀。我已有计划，就把它捅进那条狗的肚皮。我打开通往房顶天台的木门，正午最炽烈的日光在我的脸上绽开。那条蹲在鸽子塔前的狗是罗威纳犬，这种狗最爱的就是暴力。它注意到正向它靠近的我，做出威吓的凶相。它被我激到了，两只耳朵立了起来。自打它来到我家的房顶，我母亲还没让我和它见过面。我们都尚未习惯彼此的存在，人和狗之间的距离充满了对未知事物本能的敌意。我端详着它残暴的样子，依照那些流浪狗的意图去揣摩它的动机。它和它们是不同的，是对自己撕咬的本领抱有充分的自信的。它通体包覆着棕色的毛皮，背部和膝关节点缀着黑色的斑块，表露着不祥之兆。它带着泪痕的两眼也折射出心中燃烧正旺的凶劲儿。我踌躇了，但还是暗暗给自己打气，告诉自己，它不过就是个跟其他狗没什么两样的狗东西，只消我照着它那狂妄无敌的姿态来上一刀，看它知不知道疼。我上前一步，它竟满不在乎地朝着鸽笼回过头去，仿佛把我无视了，或觉得我根本无足挂齿。我心中残损的那部分被骤然激触了，所有狗见了这样的我都要吓得夹着尾巴逃开，它竟然不把我放在眼里？想到这儿，我已有决意，现在就是对它的贱命宣示主权的好时机。我紧贴天台的墙壁，缓慢而谨慎地踮起脚尖向它逼近，而它还是跟没见到我似地往身后回头。我继续往前，已经接近它的尾巴了。我有点怕，万一判断失误了呢？但我早已经过了退缩的边界线了，除了面对别无他法。一瞬间，我朝它跃过去，令它措手不及。我把全身的重量压向它，手中伸出利刃，任凭它撕裂了空气，朝着狗的肚皮突刺下来。它灵敏地躲过我的攻击，落地的身位精准无误，在我摔倒的同时摆好了进攻的阵仗，紧接着双足腾起，扑到了我的胸前，把它的脸贴近我的脸，露出了满嘴的獠牙，尖锐程度不逊于我手中仍紧握着的那柄刀。它狂吼起来。

它威胁地咆哮着，我吓坏了，一团棕黑色的身躯死死地盯着我，我更害怕了。它吐出的气息散发出难以形容的、尖厉的恶寒，我第一次感受到了对死亡的恐惧。我高呼着向母亲求救，喊啊，喊啊，喊啊，可是没人现身来把我救离它的利爪下。它也叫啊，叫啊，叫啊，在那绝望的瞬间，我感到某种力量统辖了我。我知道，人在身处险境，感到将死之际，会迸发出本能背后的超绝力量，而眼下的这种力量来得还要更猛，更强一些。或许可以说，这就是物种得以存续的安全机制。我定下心来，深吸一口气，它的吼叫声弱了些，我听到远方传来的什么动静，我心中有什么东西紧攥着一线生机，想要拼到最后，决不投降。我的手不由自主地持刀挥去，刺进了它的左前额，刀刃轻松地撕裂了它的脏腑。我拔出刀，再刺，这次整把刀都捅进去了，它双脚压着我胸口的力量减弱了不少，偌大的身体往后退到了鸽笼的角落。现在，它的叫声是断断续续的了，它软瘫下去了，发出那只流浪的小奶狗挨打时的哀鸣，地面留下了几摊鲜红的印记。

幸福感难以言表。它伏在我的脚边，周身的毛皮阵阵翕动。我骄矜地与它恐怖的两眼对视，里面的力量熄灭了，换上了乞饶的目光。我感到自己谜样地被血所吸引，混合着两种情感：做成想做之事的成就感，征服恐怖之犬的胜利感。我坐在鸽笼的阴凉处注视着它，见它合了眼，断了气。

* * *

我着手毁匿了所有犯罪的痕迹：穿的衣服埋在了垃圾桶底部，

冲洗过后的刀还放在厨房的抽屉，我好好地冲洗了身体，喷了香水，安静地躺回床上。真是辉煌的时刻，宛若指挥官大获全胜时的激昂时刻。那条凶恶的狗几乎要用它那满颚的尖牙把我吞掉，而我却战胜了它……我是英雄。

会有谁来控诉我？无需多虑，根本不可能有人把控诉的矛头指到我的脸上。想必我父亲要陷入困窘了。但凡有脑子的人，见事已至此，都会去推断，到底是谁干的？母亲睡在他旁边，那个保姆连鸡都不敢杀，而我才这么小，更做不来这种事。早早晚晚，这会变成一桩悬而不决的疑案，或许我父亲最后能怪罪的只有他自己。

午后，荫影渐长，我父亲上房去享受他人生的乐趣。屋顶上，他的小飞禽们正待在他汪汪叫的四脚兽身上，尸体被弄得一团糟。此景犹如晴天霹雳。再也没法享受了，没兴致看鸽子跳舞了，没心情高兴了。他捧着那片狼藉下了楼。

我顺着门缝看到了他的表情。快步下楼的他艰难地把持住自己的泪水，仿佛新玩具被当面打碎的小孩。

他悲恸地说：

“是哪个狗娘养的？我让他活不过明天！谁干的？我搞死他！”

我母亲出来查看情况，她也震惊了，满脸写着恐惧。这是怎么发生的？谁会去干这种事？等他俩在床上睡觉时，下一个遭毒手的保不齐就是她的宝贝儿子。

我父亲抱着他的狗，一言不发地出了门。

深夜，我听见他走过楼梯时沉沉的脚步声。他对母亲说：

“你觉得是谁干的？”

短暂的沉默过后，她答道：

“说不定是什么尖锐的东西落到了房顶上。你看过现场了么？也没准是鸽子塔的螺丝松了。”

沉默再次在家中降临。

当晚我辗转难眠，脑内尽是各式各样的噩梦。在最可怕的梦里，我眼见自己把插进狗身体里的厨刀扎入了父亲的胸膛。

* * *

杀狗惨案过去了两周。我要跟母亲和舅舅们去埃及旅游了，留我父亲一人在家。他不爱旅游，而且在我们动身之前，他收到了一个“鸽友”送他的礼物——另一只罗威纳犬。它粗粝的叫声成了我父亲和邻居艾布·穆阿兹间爆发口角的导火索。终日被狗叫吵得心烦意乱的穆阿兹忍无可忍，遂到我家敲门抱怨。我父亲则用情绪激动的咒骂回应，紧接着就当着他的面把门关上。艾布·穆阿兹无计可施，只得诉诸警局，却找不到哪条法律禁止在私宅里养护卫犬，于是他只得再寄希望于对我父亲好言相劝。然而当他再敲门的时候，出来的不是我父亲，而是那只狗……从此，艾布·穆阿兹再也没来抱怨过。

* * *

回忆如雨，倾泻，随后中断。凭靠着不断的逻辑链接，我们得以填补其中空缺的部分，历史——我们眼中人类的集体记忆——同样也凭靠推断。不难发现，人类全体的记忆中总有缺损的地方难以求证。没有谁能将生命中所有的细节、瞬间和时光完完整整地记住，我们真正铭记的，不过是那些转折点，即那些引发变化的事件，它们才值得被刻印在记忆中。

孩提时期犹如梦里的图像，一旦醒来便在须臾间残消不见。年岁渐长，昔日的场景再次浮现时，已然在不可避免的增补与删减中变作了蜃景。

跟母亲旅行回来后发生的事我已记不清了，倘若这段故事掉进了回忆的深坑，那坑的深度便绝非我可触及。现在我记不起来，以后我也再不会记起来了。哪怕真能回忆起什么，想必也是些支离破碎的东西，分不清是现实还是幻觉。但根据日期来算，彼时的我曾坐在门前，和往日一样，孤独地凝望着世界。我看到纳绥尔和易卜拉欣从一条小巷子里跑出来，我不在以后，跟着他们的换成了另一个小孩。他叫海德尔，也住在我们这条街上。流浪狗们从荒地里跑出来，到我们这座新生的城市中觅食。他们在它们后面，追着跑，我就追在他们后面跑。没错，和舅舅们的旅行结束后，我就是和他们在吉南市的街巷中追着一只瘦狗跑。记忆如此。

2

我伙同纳绥尔和易卜拉欣，交到了一群志同道合的好朋友。晡礼后，我们在街道尽头的空地集合，待到宵礼的钟声结束就各自解散。我们这片的流浪狗不如以前那么多了，我们整月整月地追在它们后面，这肯定是流浪狗数量减少的原因之一，哪怕不是最主要的原因——少年巡逻队开始在四处监视，那些狗们本能地意识到，这个铺了新路、满地脏污的地方着实是地狱之门，还叫什么“吉南”[1]，可笑！

不过话虽如此，还是会有个别狗认错路，误撞到我们的地盘送死。就拿那次来说吧，我们当时有五人之多，都听见易卜拉欣·萨阿德用他那肥腻腻的声音叫着“狗……狗……狗”。远远望去，大家看到了一只狗，体态和我们之前见到的狗都不同。他干干净净的，脑袋很小，毛也很顺，看上去是精心梳过。它在街道靠近报废车的那一端盯着我们看，我们朝它跑去，手握用棍子和石头改造的捕狗器械。我还变态地用布条把刀和尖头棒紧紧地捆在了棍子前端，看起来就和长矛一样。依照我的战术，大家在跑的时候分散开来，堵住了它的其他退路，它到时候就只能往那辆破车底盘下面钻。我们盘算着，等它精疲力竭的时候，就一起拦住它，让它既不能往荒野里跑，也不能窜到其他的街道上。果然，

① “吉南”在阿拉伯语中是“天堂”的意思，详见前文注解。

它无功而返，无计可施，绝望地呼救，最终躲到了那台破车的底下。一眼望去，那辆车的存在竟好像先于这片地方，旧得不成样子。全因为那些清洁工人每次在那里发现死狗，都往车上撒尿的缘故。

往常，最先刺到流浪狗身体的总是我绑着刀刃的棍子，但这次好运落到了纳绥尔·麦德鲁勒和他的尖头棒上。棍子的尖端刚触到它的腰部，铁棒就扎进了肚肠，它轻易地一命呜呼。没有因痛苦而挣扎分毫，没有抽搐，没有呜咽，没有嚎叫，它死灰似地接受了死亡的命运。我们的屠狗纪录上又增添了一只，归于纳绥尔名下，那是我们之间以数字和事实为证的光荣榜。然后我们扬长而去。

次日，晡礼过后，发生了一件我们始料未及的事。我们一如往常地聚在那片空地上疏懒地踢着球，没有目标，就是单纯的踢踢跑跑，纯粹为了打发时间。我们都等着有流浪狗经过，只有它能翻弄起我们体内撒旦的荷尔蒙；或者说，我们等着有哪个小伙伴提出激起我们顽劣和破坏欲的新点子。从一个小巷子里，海德尔出来找我们了——他们家住在街尾。他身边还有三个以前没见过的少年，看上去比我们大几岁。他脸色发白，因早熟而生出的胡须泛着绿色，忿忿不平地抽缩着，两只小眼睛里昭示着大事不妙。易卜拉欣跟瞧见魔鬼似地朝我耳语：

“他是……他是……麦尔祖格·阿卜杜。”

我问他：

“谁是麦尔祖格·阿卜杜？”

“这家伙揍人真的狠，没人打得过他。他干架的时候敢直接动刀子。你以前没听说过他？”

“我真没听过。”

“倒大霉了……他必是来收拾我们的。”

顺着易卜拉欣指的方向看，走在最前面的少年就是麦尔祖格。好一个抡圆膀子的火爆少年，身体壮得像非洲公牛，长相老成，面露怒意，仿佛下一秒就要跟人干仗，而胜利注定是他的。他后面的那位叼着烟，是法赫德·阿拉吉，他两条腿不一般长，故得绰号“跑不快”；还有宽脸颊、红皮肤的麦木杜哈·马格里比亚，随了他母亲的姓。

显然，后面两位听候第一位的吩咐。他阴暗的脸凶恶歹毒。

海德尔像往地上抛掷重物般开了口：“就是他，”边说边用手指着纳绥尔·麦德鲁勒。刚在踢球的纳绥尔也不踢了，和我们一起盯着面前的三个家伙，诧异中夹杂着恐惧。太阳远远地把阴影投射在地面上，三人将我们左右包围。麦尔祖格发出狮吼般的呼吸声，他们的士气昂扬了，他们的眼睛冒火了，他们的手指张开、勾曲、攥拳，遽然间，三人一齐朝着纳绥尔猛扑过去。

他们把他举起来，往地上扔，然后暴打一通。

我们眼睁睁地看着，不敢出声，没人敢对纳绥尔出手相救。麦尔祖格·阿卜杜跨在他的胸前，朝着他的脸全力抡着拳头，而阿拉吉和马格里比亚则在后面踹着他的屁股。

纳绥尔哭嚎着向我们求救，试图用乞求的眼神勾起我们眼眸中的豪侠之气。可我们能做的，仅仅是看着麦尔祖格伴着怒火的大手频频扇着他的脸，边看边深表同情，救人实在是力所不逮。

我们瞪大眼睛，吓坏了，也心疼坏了。外人看到毫无反应的我们，肯定会觉得，我们不认识这个痛苦求救的倒霉蛋。他又哭，又疼，又呻吟，他的音调变得断断续续，他的声带松弛地发出混沌的声响，他蜷曲了身子。

血从他的嘴巴里流出来，齿缝中间也渗满了暗红的颜色。麦尔祖格这才收手。望着这片令人不适的颜色，我们害怕极了。这可不是狗血，狗血不过是开玩笑，能算是真血么？这可是实实在在的人血，是疼到肉里才流出来的血，说不定转瞬之间，这样的血也会从我们的身体里流出来。

壮实的麦尔祖格踩在纳绥尔身上，他正痛苦到不行。每分每刻，麦尔祖格看我们的脸色都露出狠毒的杀意。他一脚踢到纳绥尔的后背，后者没动静了。然后把纳绥尔丢在一边。

法赫德和麦木杜哈站在他的背后，仿佛只待他一个手势，便要朝我们袭来。我们浑身的肌肉依旧是软趴趴的，硬不起来，膨胀不得，生怕麦尔祖格黑壮的身体压上我们的胸前，用他的铁手把我们的嘴捶出血来。麦尔祖格正用锐利的目光周身打量着我们。

他开了口，大喊着问海德尔：

“他杀我的狗时谁帮忙了？”

后者卑微得快要消失了。背叛朋友的感觉让他脸色僵冻，显得枯焦而苍白，他低头看着自己的双脚，径直地说出：

“都帮了。”

他气到发颤：

“你说他们都帮了？他们一块儿杀了我的狗。”

他坚信我们是昨天下午纳绥尔杀狗时的帮凶。他一个接一个地从我们身边走过去，带着自身的威压，一个接一个地给了我们一个耳光，耳光打在脸上，发出抽皮鞭的声音。每人的脸上都挨了大力的冲击，往后摔了个趔趄。他走到易卜拉欣·萨阿德那里时，见他正在哭，胯下渗出水来，地上的土湿了一大块。麦尔祖格高喊：

“他尿了！”

他大笑许久，旁边的两个朋友也夸张地附和。他往易卜拉欣脸上啐了一口，然后越过他走到我这里。眼前出现的是他黑沉沉的脸和巨大的塌鼻子，嘴唇粗糙，两只大眼瞪得通红，简直就像我母亲所担忧的那个我心中的罪人的脸。在我眼中，万物的实在意义已经不复存在了，世界变得仅存符号和象征。我凝神聚气，和那次捅死我父亲的狗一样，同样的力量再次涌入全身。我的双腿不由自主地飞跑起来，闪电般地载我回到了离此尚远的家中，就连麦尔祖格也没追多远就放弃了。自知追不上我的他停下了脚步，但恫吓的声音却传到我的耳中：

“我指妈发誓，不会放过你这个脏货！”

* * *

我在家中躲避，度过了漫长而折磨的四天。其间，麦尔祖格和他的伙伴始终在那片空地候着我，街上的孩子们都哭了，他们也不挪窝。我倒是不介意他们怎么说我：胆小鬼啦、叛徒啦，甚至是娘们，爱说什么说什么，所谓的珍惜名节，我就当是耳旁风，不值得我多想；对成年人来说，坏名声会让面子严重折损，但对小孩来说，坏名声算不了什么。小时候无所谓。就好比去解释词语的意义，最为依托的是我们的理解力。而在人生的不同阶段，总会有特定的节点，锚定我们的宗教基因，框定我们的文化习俗；在此过程中，理解力也由浅入深，不断发展。

我还是不敢跨出家门往街上跑，而是正对着人行道在门前坐着，也招呼其他人和我一起坐着。远处，我们的场地已经几乎没人了，都是麦尔祖格和他那两个形影不离的跟班害的。开学的日子近了，出门的时间少了，场子里完全空了下来。

暑假在周三的午后画上了句点。微风轻拂过街道，带走夏日空气中的余烬，往天空中吹来崭新的气息。我们的肺大口地吸入一股氧气，很快地便在玩乐中消耗掉了。在确认那片空地上已经危险不再后，我无比想要跨过街道去那里玩。我和他们踢着球，左瞧瞧，右瞅瞅，为麦尔祖格和他的伙伴可能发起的突然袭击做好防范。结果，我果真在远处看到了他踱步的身影，于是我连忙跑回了家，在门口坐好，见我正在道旁坐着，他也带着凶相跑过来。我任他接近，好了，距离已经足够，他已经中了我的埋伏。待到他靠近到我设置的“雷区”，我便大声向我父亲呼救。他正在房顶上剪他那一把浓密的胡须呢。他问：

“你咋了？”

我向麦尔祖格指去，他见势已经作罢，装出一副无辜的模样。我说：

“他想要打我。”

听闻这个，我父亲反应尤为激烈，大声吓唬着麦尔祖格：

“狗东西，别跑！等我下来非把你两个黑卵蛋扯下来，塞进你腚眼里不可。”

从一个成年人口中听到这么粗俗的威胁，连麦尔祖格也吓得要跑了。他临跑前还不忘放狠话，我只听到他在后面瞎嚷嚷。他边跑边回头看我，差点没被一辆运送家具的大卡车撞飞。他在最后时刻勉强躲开了，一屁股摔到了地上，沾到了路上的沥青。然后他起身甩了甩手臂，接着跑路了。

卡车停在了我家门口，上面运着一整套家具，整套家具都是新的，颜色光泽发亮。一辆白色的雪佛兰科迈罗在它面前停住，下来了一个身形魁梧的男子。他身穿雪白的制服，头箍下是红色的方巾，修剪整齐的黑色胡须与他沉稳的面色和规正的举止相得益彰。他抬抬眉毛向我问好，之后回去打开了车的后门。这次下来的是一个和我同龄的少年，体态苗条，穿着短裤、短袖和阿迪达斯的运动鞋，腕子上戴着一块太阳能电子表。电视里播放的作为优秀学生典型的模范少年，说的大抵就是他。他头发泛着油光，整齐地梳向一旁，能看得出他在家里的好习惯。显然，他的双脚还未曾碰触过我们这条街的脉搏。这个少年就是哈米德·谢克尔。

跟在他身后下来的是一个美丽的女孩子。她快速地扫视四周，双眼的轨迹同我双眼的轨迹交汇。她抻着白色连衣裙的下摆，生怕它被风吹起，模样美得令人恍惚。在那个年纪，我们对美的感觉不受制于诗人们定下的严苛规矩，不含带情欲的意味，而是全源于世间另一个纯洁性灵的灼灼生机。那个年纪对美的感觉最纯粹。

他们把家具搬到了艾布·穆阿兹的房子里。嗯，穆阿兹自己去他父亲家住，把房子租了出去，所以有了新租户，看起来就是这样。据邻居们推断，他是对我父亲和他的狗忍无可忍了。

一队搬家工人正忙着搬家具、装家具，我父亲就在房顶上看着他们，嘴里小声叨念着脏话。

晚饭的时候，我和父亲面对面坐着。因为我害怕麦尔祖格，他狠狠骂我，激动地对我说：

“你就不敢跟他干？唉……你长大了要是还从人堆里逃跑，跟我说说，你这张脸往哪儿搁？”

他劝我，下次横竖得给那小子点颜色瞧瞧，否则我就不是他亲生的：

“明天我等你干过他的好消息。”

我母亲插进来，劝我不要惹是生非。她说，吵架有什么用？有公安局专门解决这种事。

我父亲冷嘲热讽地说：

“哈，小子，女人的教育真优越。”

然后他就上楼回房间去了。

母亲给我冰牛奶时，我把邻居家新租客的事情告诉了她。我饶有兴致地跟她讲了他们的家具是怎么怎么样，开的车是什么什么型号，那个家里父亲长什么样，小孩穿的是什么的衣服，讲到那个女孩的时候，我发觉自己正以一种着迷的口吻诉说着她下车时可爱的姿态，描述着她裙子的颜色。她用右手抓紧裙角，以免风儿的小手对她做恶作剧；见到我时，她抬抬双眉，算是跟我打招呼了。

第二天午后，母亲让保姆给他们送了些甜点，当作是对新邻居象征性的欢迎。我趁此机会梳好了头发，穿上了最好的衣服，不紧不慢地跟在保姆身边往他们家走。

我敲着门，心脏紧张地跳着，“开门的会是她”，我在内心祈祷。我又慢慢地敲了几下，“她还会穿那条白裙子”，我满怀希望地又敲啊敲，“她见我肯定会微笑的”，然后门开了，开门的是一位端丽的妇人，我身边拂过几缕居家香氛的味道。那位妇人的腕子和金镯子一并闪着光泽，开门的缝隙恰巧足够我从侧面窥见她修长的身材。她长相甜美，皮肤光滑洁白，女性的柔美从她身上涌流出来，世界都变得更纯真了。她穿着粉色的睡裙，仿佛一颗糖果，仿佛我的眼睛在此刻变成了用以品尝的唇舌。

我忽然感到自己长大了，后背在烧，汗珠涔涔滑落。尽管我还小，不知道什么是美的标准，但我在和母亲描述她的时候，就是能够把她评定成最美。

她把丝绸般的乌发撩到脸旁，说：

“你好呀……你找谁？”

我克制住内心的慌乱，说出了敲门前在心中反反复复默念的那句话：

“这儿就是我家，”我指了指，“我代我母亲跟您问好，她叫我把这些甜点送给您。”

保姆把盘子递给她，就是这时，她的旁边出现了一张小姑娘的脸，两只眼睛正是我昨天见到的。她也穿着粉色的睡裙，式样和她母亲的十分相似。她和我之间仅有两三步的距离，很近，我恍惚间觉得我们两个就是在并肩站着，距离消失了，空间也不见了，她甜蜜的双眼微微地撇向眼角的太阳穴，头发梳成了马尾辫，仿佛她变得只属于我。

我又恍惚了，感到言语功能出了障碍。我打了个喷嚏，清了清鼻子，略微失态。面前是这么甜美的她，我好似失了智。除了年龄以外，她和她母亲简直丝毫无异。我好似淋到浴室的冷水般打了个颤，有些惊惶，觉得自己再不能这样呆下去了。

躲在母亲身后的她有注意到我看她时欣喜的眼光么？她的母亲有留意到我正用眼神一寸一寸地垂涎着她的女儿么？

不知道。我只知道，到头来，我自己也躲到保姆身后去了。

那位端丽的妇人热情欢迎我们，轻轻地拿过盘子，然后让我代为表达对我母亲的谢意。在我离开前，她叫我：

“你这小机灵。”

我停住了，调动全部的五感回头看，痴痴地作答：

“谁……是说我？”

“是呀，可不就是说你。”

我抑制住内心的颤抖，向她微笑，她继续说：

“你这小孩真有教养……明天下午要不要来和我家的哈米德一起玩呀？他和你一般大，你们肯定会成为好朋友的。”

那天晚上我辗转难眠。明天就是开学第一天了，可我脑海内尽想些我和她的场景，我是忠诚的英雄，而她却濒临死亡的边缘。

她粉色的长裙遮住了我周围的全部，我感到有种力量将我吸引到她的身旁，被吸引的一刻，我宛如获得解放。

＊＊＊

上学第一天照旧漫长又无聊。开学首日自古以来就是老样子，像是逆着湍急的水流一样，叫人累得不行。等到了第二天，孩子们眼中的学校就没得什么可学的了。从第三天直到第二周，上学就成了心灵的折磨。就这样，一整年就像连环套似地，很快便过去了。

早晨，我排在长长的队中。暑假结束了，新学期的第一天活力满满地到来了。我随队伍移动到初一年级的地方——我们的小学里面是有初一年级的，这与其他的小学都不同。到了每天例行的早操时间，纳绥尔·麦德鲁勒和海德尔两位朋友和我站在一起，大家彼此交换眼色：

“咦，易卜拉欣去哪儿了？”

海德尔对着纳绥尔私语道，后者动动头、挑挑眉，示意他往对面的方向看。易卜拉欣正站在四年级的小学生们中间呢，我们看到他挺着小肚子站在队伍排头，假装卖力地做着操。

“这小子留级了！”

我惊奇地嘀咕。海德尔从我后面说：

“他不是跟我们说他是年级第一么？”

我们排着队经过学校后面的过道，走进了新班级。空气里飘洒着消毒水的味道，阳光轻易便从教室另一段整面的窗墙中射进来。黑板上还残留着粉笔写过的涂鸦，上方记录的日期还依稀可辨，去年写过的句子已经被抹掉痕迹了。桌子是新的，那些硌疼背部的座椅是新的，别别扭扭的感情是新的，我们都是新的。

我按照母亲的嘱咐，选了第一排正对老师的位置坐下。这是老师的眼睛寸步不移的地方，别说打瞌睡了，连回头都不行。我卸下塞满了本子的书包，往后看我两个朋友坐在哪儿。找到纳绥尔了，他正等我回过头去，好给我看点什么呢。他面露愁容，动动嘴唇，说的什么我听不清楚。我用手指了指，示意他再说一遍。他往教室最后排的右边瞟过去，我整个人也向那个方向转过来，哎，真不幸，正在往桌斗里放本子的竟是麦木杜哈·马格里比亚。坐着的我差点失去平衡。

我转过去不看他那枣红的脸和凸起的双颊。我猜测着，他肯定是留级了，说不定留了不止一级，毕竟一眼看过去，他最少也比我大个两岁。这就叫人害怕了，说不定和我们想的不一样，麦尔祖格没转学，而是在另一个班。

一整节课，老师讲的什么我全听不进去，始终不能排除脑海中的恐惧，想着，要是麦木杜哈告诉他我在这儿，他随时有可能从什么地方冒出来。到那时候，谁知道我的血会从哪个部位流出来，谁知道他那铁拳会把我打得多疼，谁又知道有了他，我之后的日子该怎么过呢？打铃了，第一节课下课了，我乖觉地听着铃声，几乎快要哭出来。对折磨的恐惧比折磨本身还折磨人，可我又怎么样才能消除恐惧呢！

我呆坐着，想着用什么办法才能确认麦尔祖格·阿卜杜确实还在我们的学校。我的小脑瓜只想到一个最傻最直接的方案。趁着课间，我艰难地起身朝麦木杜哈的方向走过去，纳绥尔和海德尔看着我，不动声色，面露惊奇。我到他的桌边停下了，他抬起双眼和浓眉，血气充盈的脸上露出意味不明的微笑。是要打探我，还是要吓唬我？我也不确定。我的话音微颤，难掩其中的恐惧：

“我想跟麦尔祖格道个歉……他还在我们学校里读书么？”

他肯定的语气里明显带有威胁：

“你想道歉了，哈？我拿他妈妈做担保，要是不让你出点血，他绝对不会放过你。”

我们交换着沉默。他读出了我脸上惶恐的神色，接着说道：

“那天你要是没逃跑，而是和你朋友一样受罚，这事其实就完了。但你是萨勒曼啊，你像个姑娘似地跑了啊，这就叫他更生气了。”

他顽劣一笑，又说：

“麦尔祖格在初一三班，就在我们班隔壁。”

我受不住了，不由得向后退了几步。现在我还能往哪里逃？我开始漫无边际地想象起可怕的画面，麦尔祖格会怎么收拾我呢……

我回到了座位上，心中惧怕的圈圈越扩越大，把什么都吞掉了。第二节课下课就是他们的机会了，要是麦尔祖格瞧见我坐在哪里，麦木杜哈肯定高兴了。毋庸置疑，以打架闻名的阿卜杜无论如何都不会轻饶我。

又打铃了，第二节课开始了，我想着接下来的炼狱，胆寒也开始了。

我强忍住不哭。我要跟老师告发麦尔祖格么？要是老师禁止他打我，他真就会放过我么？假设他果真不在学校打我了，那在学校外呢？

我胡思乱想之际，新同学彬彬有礼地走了进来。他先敲了敲门——我们就基本不敲门；再和老师握握手——我们也没这么做过；然后他把一张副校长签过字的申请单递给老师，里面说把他加进我们班的名册。他有礼貌地站着等，老师叫他进来才进来。

那个少年就是哈米德·谢克尔，住我们旁边的新租户，那位端庄妇人的儿子、那位美丽少女的哥哥。他两条大长腿，看上去球踢得好，要不是有棱有角的五官增添了他男子的气概，他和他母亲的外貌就几近难分。他一头黑发梳得整齐，泛着光泽，和昨晚的他无甚分别。他自信地走到我身后的空座位坐了下来，经过我时，散发出好闻的香水味。他放下了书包，从里面掏出笔记本翻到第一页，然后在上面码好铅笔、橡皮和削笔刀。他交叉着手坐在桌前，随时准备起身。老师示意他：

“来跟大家做个自我介绍吧？”

他站了起来，站得比老师都直。他和新闻播音员准备读稿前一样清了清嗓子，之后自信满满地说：

“我叫哈米德·谢克尔。”

“哈米德，”老师接话说，“你是在我们这儿念的小学，还是从其他学校转过来的呀？”

“我是转校过来的。”

老师开讲了，他告诉我们，优秀对创造未来何等重要，一个人在当学生时犯懒，进了社会也不会有出息，这个社会本质上是优秀者的社会。他教导我们，要复习，要背记，要专心听讲，接着热情洋溢地问同学们：你们长大了想做什么呀？大家纷纷说出梦想：医生、工程师、飞行员、警官、船长……

我没心情加入到他们的梦想大比拼中。此刻我只想着能不能保住自身安全，再想其他的实在是太难了。老师看着我笑时，我吓了一跳。

“你叫什么呀？”

“萨勒曼·白德尔。”

“站起来……你叫什么名字？”

“好……萨勒曼·白德尔。”

“你长大后想要做什么？”

“我不知道。”

“你怎么能不知道呢？连个目标都没有的话，你还来上什么学？”

他对着全班同学说：

“上学的目的不仅仅是学习读书、写字和算术，这些东西在学校外一样能学。你们到这儿来是为了接受系统的教育，为了去到自己想去的地方，为自己服务，为家人服务，为国家服务，你们说对不对？”

大家高声回答道：“对！”

老师笑了笑，不紧不慢地说：

“萨勒曼，我相信你以后会成为一个警官的，或者还是别的？”

“没错……我是想当警官。”

“那你呢，哈米德，”老师又说，“你还没告诉我们长大后想做什么呢。”

哈米德起身作答：

“我想要成为一名军官。”

“为什么非要是军官呢？”

“为了保卫祖国。”

老师笑了，赞许的说：

“大家给哈米德鼓掌！”

全班掌声雷动，老师认为哈米德值得优待，就给他调换了座位。跟他换座位的那个孩子坐在我隔壁那一列，恰巧也选了个第一排的桌子。在初中生里，他的长相属于憨憨的那种。他刚才回答老师的问题时，说自己想当个医生。

老师格外关照哈米德，或许是觉得他聪明，有天分。哈米德的确不简单：桌上大大小小的文具，他整理得有条不紊；老师为考考他特意设计的快问快答，他对答如流。老师们发现聪颖的学生时常常露出会心的微笑，他也学着老师那样笑。

下课铃又响了，我如梦方醒。我还没想好怎么应对麦尔祖格的勒迫呢。纳绥尔一把把我拽到了教室外面，海德尔也跟了过来。去食堂的路上，他俩问我：你现在咋办？我跟他俩说，如果我看到苗头不对，保不齐就把麦尔祖格的事反映给学校里的情况调查员。我回头一看，忽然发现哈米德正单独地和我们往同一个方向走。他高昂着头，像是个王子。

休息时间结束了，我回到班里，发现麦木杜哈正坐在我桌前，我的书包被他丢到了门外。他挑衅地看着我，好像在说：来呀，敢不敢拦我？我没开口，拿起书包，默默地退到后排他坐的位置上，挤出假笑来，装作这一切都是好朋友间的玩笑，而我宽宏大量地接受了这个玩笑。仿佛大家都在同情我，仿佛他们的目光正啃噬着我的自尊。

课上了一节又一节，麦尔祖格·阿卜杜连个影儿都不见。终于，放学的铃声响了，危机解除。门卫把门打开，小学生们快乐地跑出去，他们的封锁解除了。我、纳绥尔、海德尔和易卜拉欣在大门前等母亲来接我，突然听到麦木杜哈·马格里比亚通报似地跟我说：

“哈，萨勒曼，麦尔祖格今儿没来上学，但是他明儿绝对会来班里。”

我试着挤出笑容来掩盖我的恐惧，结果笑得那样心口不一，显得我更焦心了。

我、纳绥尔、海德尔和易卜拉欣四人疑虑地交换着眼神。危险不会只是我一个人的危险，麦尔祖格绝对会找我们所有人的麻烦，越是拖，就越是麻烦。

那辆白色的科迈罗小轿车在门口停下来，谢克尔——哈米德的父亲——身着军装，那个美丽的少女就坐在后座上，我仍不知道她的姓名。她穿一身中学的女生校服，辫子用红头绳扎着。不知怎的，我见到他，隐约觉得自己好了些。哈米德打开后门，把书包放在后座上，坐了进去。他笑着和妹妹聊起了天，她还给他一个甜甜的微笑，他的父亲正坐在方向盘前，也笑起来。于是他坐车走了，融进了拥挤的人潮。

在所有的车里，我只认得他们的车，由他俩的父亲掌舵，带着他们穿过开学第一天常用的街道大拥堵。我从后面目送着他们离开，直到他们转过弯消失不见。当时我清楚地意识到，自己真想大声喊些什么。

＊＊＊

爱与怕两种感觉在我的心间缠斗。我怕，怕麦尔祖格；我爱，爱那个穿过白纱裙和粉纱裙的小姑娘。这份喜欢怎么就忽然变成爱了呢？我也说不上来。不过在那个纯真的年纪，把两种关系混为一谈，倒也不值得大惊小怪。

我心中每有一种感情，就会有另一种反向的感情。最高尚的捧给小姑娘，最低贱的丢给麦尔祖格。他是疾患，她是良药。恐惧阻碍着什么，爱就激发了什么。

我打消了吃午饭的念头，把自己关在门后，觉得有必要好好斟酌眼下的情势。明天怎么办？在我心里，谁会赢谁？

尽管开学第一天不上课，但我母亲仍要抢在学校老师之前把课程的内容给我快速过一遍，第二天按照她的标准再给我巩固一遍，确保我理解充分。她说，午后两三点钟是最佳的学习时间，这时候的脑子已经从上午的混乱中平静过来了。

但那天她把她的授课推迟到了傍晚，理由是要去新租户家登门拜访，以示友好。心脏的某根血管又颤动了，对麦尔祖格的担心忘诸身外了。我拜托她，允许我一起去。起初她不同意；我跟她说，我发誓，是邻居家的阿姨要求我去的，昨晚就是她邀请我去和他家儿子玩的。她在镜子前沉吟片刻，用笔打好了眼影，然后给我简略地讲解了拜访的礼仪。她允许我陪她去了。

那位秀丽的妇人非常优雅地为我们开了门，仿佛事先知道我们会来似的。她向我的母亲伸出手来，两人彼此客套地问候了多次。她柔软的手又摸到我的头上，划过我的脸颊，轻轻盈盈的，让我有飞翔的感觉。她唤我们进来，我紧紧跟在母亲身后，穿过小小的庭院。房子的一层是四个房间和一个宽敞的客厅，设计同我家别无二致。家具摆得整整齐齐，仿佛是为了室内面积量身定制一般。我们就坐在客厅，蓝色的海绵座椅同房间粉色的色调相称和谐。我又扫视墙上挂着的四张油画，第一张画的是太阳，风格明快；第二张是翠绿山谷的清晨；第三张是满月时分的月亮；第四张则是夜幕降临在欧洲的小村庄。它们在墙上排列的方式精巧而有序。

房间里没有电视，和我家的一样。我母亲觉得电视是割断沟通和有爱氛围的罪魁，便没把它请进客厅。对应地，房间里有一张放着家庭照片的大桌台，在那张最大最醒目的照片里，那位父亲身着军装，满面春风。

哈米德母亲的笑容荡漾且真诚，让我们真心觉得，她是欢迎我们的。她端来盛有甜品的盘子、咖啡壶和茶壶放在桌上，桌子很小，却彰显品位。然后她到楼梯那里站定，叫她的儿子哈米德出来跟我玩。

五分钟不到，穿着运动装的哈米德就站在了我母亲面前。他有礼貌地和她握手，欢迎我们到来。他的言辞得体，看上去早有准备。他微笑着向我伸出手来，我有点不好意思，便迟疑了一小下，母亲见我这样连忙提醒，话音里透出隐隐的责备：

“萨勒曼，哈米德想跟你握手呢。”

我也伸出手来羞涩地回握。

他拉着我的手，我跟在他身后上了楼梯，眼神却笨拙地四下摸索着她的踪迹。

“你叫萨勒曼…….今天在班上见过你了……你不认识我了吗？”

“哦……现在想起来了，你是那个想要做军官的哈米德·谢克尔。”

我有预感，要见到她了，她穿着美丽的粉裙子，正在坐着看电视，抑或是在纸上画着画。

我们走进他的房间，整洁又干净，铺着绿色的地板。里面有一个三开门的衣橱，紧靠墙缘的写字桌；窗户边上码着香水瓶、梳子和盒装发油，上方是圆形的镜子。对着床铺的白窗户刻着粉色的雕花，床上铺着红色的被褥。另一个柜子里有一排排水平的架子，放着一些小书和许多玩具；在这个置物柜旁边还有一块小空间，地板上放着小电视，还连着雅达利游戏机的外接线：两根线缆分别接着两个棒状手柄，最上面嵌着红色的按钮。

“你觉得我们学校怎么样？”

问得我猝不及防。我躺在他床上，漠不经意地答道：

“我盼着它快点着火呢。”

他打开电视机，有点不悦地说：

“这是一个让你变得更好的地方，你这么想是不对的……我爸爸说，学校是创造未来的工厂。”

他谈起学校时那种高高在上的好学生语气让我不太舒服，我换了个话题：

“你有兄弟么？”

“只有姐妹，她叫索菲。”

我在心里说：真美的名字。

“她比你大嘛？”

“我们是双胞胎……你呢？”

“我曾经有个哥哥，可是他很早就去世了……”他摇摇头，深表遗憾。“不过，索菲呢？我还没看见她呢。”

“她和我爸爸买本子去了。”

我们先是玩了会儿雅达利上的飞机大战，很快就玩腻了。早在一年之前，这游戏机带给我的乐趣实在有限，遂把它连同手柄都搞坏了。这屋子没什么好待了。

“索菲很晚才回嘛？”

“是的吧……你刚才讲什么？我没听清。”

“我说……我说……我们去街上转转怎么样？”

他犹豫了一下，然后说，得先和他母亲请示，而且也不能跑到街上太远的地方。我说好，他就下楼去请示。

她说没问题，还嘱咐他好好带我玩，他说一定。我们出去了，我心里不免嘲弄地问，到底是谁带谁玩？

我们坐在门口，他突然问我：

“萨勒曼，你为什么换了座位？”

我羞红了脸，呼吸急促起来：

“啊……我吧……其实是……哦，是麦木杜哈跟我提的，他说他视力不好。”

“你认识其他邻居家的小孩么？”

“认识的……易卜拉欣·萨阿德，纳绥尔·麦德鲁勒，海德尔……他们都住在街的那头，和咱们上同一所学校。你会认识纳绥尔和海德尔的，他俩和我们一个班。”

“哦……那不错呀，要是我们能一起复习，那准定很有意思。”

他这种说话方式让我听了很恼火。他真能正派到这份上？还是说他故意显摆自己的严肃认真，跟我在这儿装成熟理智？

我环顾四周，确认没有麦尔祖格出没的迹象，于是我说：

“我们去敲敲纳绥尔家的门，怎么样？我打包票，他现在肯定等着有人拉他出去呢。”

他起身说：

“行呀……我们走吧。”

晡礼已过，宵礼未至，我们走过那片空场。曾经我们为了排遣无聊经常在那里踢球玩，这下哈米德来了，给我们定下了踢球的规矩，每场比赛分上下两个半场，由他掐着电子表为每个半场计时。他明确了进球的规则，给我们分成两队，他和易卜拉欣一队，我、纳绥尔和海德尔一队。他激起了大家对抗的斗志。他还把“点球”、“角球”和“犯规”加进了我们的比赛，说除了守门员外，谁都不许用手碰球。哈米德用石头摆出了球门的范围，说：

“制定规则是为了玩得更尽兴，没有规矩的人生，就像没有规则的比赛一样无趣。是我爸爸告诉我的。”

起初我们并没太理会这些规则，踢完上半场后，我们渐渐发现了它们的妙处。

一切都是白色和天蓝色的。在白色的中间，我们的空场仿佛在欢笑中与天空的颜色融为一体。比赛中的哈米德展示出了无可匹敌的技术，轻而易举地灌进了许多球。讲真，把球往我们想要的方向踢还真费力气。他带球时经常晃倒我们，我们试着抓他红色运动衫的衣角来拦他，但这根本挡不住他前进的步伐。

确认过我们还远跑不到球门，守门员易卜拉欣坐了下来，一门心思地在地上涂画起来。我们踢得热火朝天，他却惬意地看着来来往往的行人。

我们队尽全力想掌握球权，但是哈米德的闪避、控球和抢球的技术是如此的娴熟，仿佛他眼睛看到哪儿，球就滚到哪儿。

太阳要落山了，忽然，易卜拉欣看到远处有什么东西跑了过来，他吹起口哨，高呼着说：

“哈……在巷子那边，你们快看！”

我们眼前出现了一只流浪狗，这种身形的流浪狗，用来突袭最适合不过了。大家已经六天没有杀过狗了，每人都猛地涌起一股凌虐的饥渴。我们确认过彼此的眼神，全都是蓄势待发，满眼是贪求与爽意。小伙伴们挖出埋在空地里的捕狗装备，一齐把它往停着破车的巷子里赶。哈米德跟在我们后面，还不知道究竟发生了什么事。我们把它团团围住，上次我们错伤了麦尔祖格的狗，这次我再三确认，保证它真的是只流浪狗。我举起了绑着刀头的长棍，算计过它身上致命的弱点，找到了一个让它归西的绝佳部位。然后我高高跃起，照着它的颈子就是一插，待我拔出刀头，血滴簌簌地滴了出来。

小狗痛苦地呜咽着，仿佛和人一样在呻吟。它转过身去，想凭残损的气力逃脱，然而海德尔早已抄起大棍，朝着它的胸口就扎了进去。它疼得在地上呜咽、打滚，周围扬起了灰尘。它露出一副命不久矣的样子，皮肤跟被冷水激了似的哆嗦着，身体抽搐，就像害了热病。随后它的身体失去了动静，陷入永远的安眠，完全地失去了意识。

我们打算回去时，发现哈米德蹲在了地上：

“哈米德，怎么了……你哭什么？”

我们问他，他什么也不说，只是不住地擦眼泪。我们疑惑地对望，坐在了他身边，等着他澄清从他眼里流出的谜团。

“他肯定是想起了什么伤心事。”

易卜拉欣笨拙地解释着。

大家依旧不出声，等着他答话。他想到什么了？这是大家第一次把他当做朋友对待。我们只知道他是个有教养的孩子，会用发刷给头发打发油，以后想当军官，此外就不了解他了。他把脸埋进双手，几颗泪珠掉到了地上，海德尔摇摇他，想叫他起来，他也不起来。我们就这么坐了有十分钟，大家都你看看我，我看看你，咬着嘴唇，感到不可思议。终于，他还是起来了，我们赶紧也站起来。

“他是不是看到狗死了，所以才哭的？”我问自己。往回走的路上，大家更压抑了，路还没走到头，他就朝他家拐，跟个女生似的，什么都不说。我朝其他人比手势，示意不用管我们俩，就跟在他后面回了家。

他擦着眼泪对我说：

“你绝对会后悔的……你听到了吗？我说你绝对会后悔的，你以后断然不能这么干了。”

我不知道这算是威胁还是建议：

“那你到底要怎么样……你会向我妈妈报告么？”

“你怕的就只有你妈妈么？你就不怕真主么？”

他提到真主的名字时如此虔诚，我一时间难以适应。从他那里，我感到了前所未有的深深畏惧。

“这和真主有什么关系？”

我半开玩笑地说。他听起来很悲伤：

“只有祂才能决断生死。”

我缄默地思索着他的话，随后说：

“所以是死亡选择了我哥哥？”

我们都不说话了，凝视着彼此的眼睛。确实是真主让我哥哥去死的么？这个问题勾起了我脑海中各式各样的思索。我任由自己反复琢磨，或许这真是个严肃的问题，我想要明晰的答案，可小脑瓜却力有不及。沉抑的凝视仍持续了一段时间，哈米德走近两步，打破了这种沉抑。他的语气笃信而虔诚，他的双眼穿透了我的内心：

“你看……是真主选择让你活下来的。”

我颤了一下，所以其实祂也完全可以选择让我替哥哥去死。哈米德的话如此简单，却让我震撼了。这是真的，我缓慢地吸了一口气，转过身去，安静地往回走。

什么是生命，生命为何而延续，生命终结后去到另一个未知世界的真相是什么……我还小，听不懂这些问题的哲学解释。哈米德对我说的那番话已经足以让我认清存在的奥秘，让我觉察到，我们终将一别。每次，当死的字眼扣响我思考的门扉，当必然的离别来临之际，我竟转过身去，冷眼不理。他的话对我产生了巨大的影响，我铁下心来，不再做伤害生命的事。从那以后，我再也没杀过狗。

那天夜里，我难以入眠。麦尔祖格的阴影就藏匿在我眼皮底下，我一闭眼，他就从黑暗中现身，黝黑的脸上怒火满面，尖刃般锐利的牙齿尽数露出。我离开床，下到客厅里，迫切地想要看看街道的景象。我打开外门，坐到了门槛上。黑夜在路灯以外的地方凝结，我望向一棵形单影只的小柳树，它被植在邻家的门前。它引起了我探奇的遐思：

“为什么真主选择让我活着呢？”

* * *

睡得糟心。早晨醒来时，我一阵反胃，早饭也没吃完。我跟母亲说，身子虚，走不动，她却觉得我故意逃学。半路上，我的体温高到反常。我想：这一定是熬夜的恶果。

我摇摇晃晃地下了车，感觉地上沾着让我双脚站不稳的奇怪物质。走到校门口时，肚肠感到一阵重压，来回翻搅，我不禁停步，捂住肚子，胃部肌肉猛地抽搐，几乎把所有东西都吐了出去。我母亲在后面鸣喇叭，叫我上车回家。

这是我在害怕麦尔祖格么？我的身体都不受控制地替我装出不用上学的托辞了么？我躺在床上，想的净是这些不光彩的事。

我闭门不出。到了午后，母亲喊我见哈米德。他带着个笔记本，要给我补习老师今天阿拉伯语课上讲的内容。我暗暗咒骂，他来见我就为了这个，就为了学习？我们敲门是不放过任何玩的机会，这个小书生敲门却是来叫我学习知识？哈米德，你混蛋！你这条无趣的狗！

"你没事儿吧，你怎么没去上学呢，今天可有意思了……你要是在就好了。"

我完全岔开了话题，说：

"走，咱们去找纳绥尔。"

"这是今天阿语课上老师讲的内容，我给你带来了。"

我不耐烦地往门外走：

"走吧，去找纳绥尔了。"

易卜拉欣·萨阿德和纳绥尔·麦德鲁勒早在家门口等着我们。一看见我，纳绥尔就迎上来，语气中带点慌张：

“你去哪儿了？麦尔祖格今天来找你了，肯定是马格里比亚告诉他的。”

不出预料。我问：

“他没找到我时怎么办的？”

“海德尔听他跟麦木杜哈说：‘看他能往哪儿逃！’”

死到临头了。无论何等危险，心想的总比实际发生的更严重。人的内心总能捏造出一些言过其实的祸患。我那时还小，不懂得怎么遏止恐惧，只能让它跟流浪狗似的在荒地里狂奔，我再难自持，近乎崩溃般跌坐在道旁，纳绥尔坐在我边上焦急地拉着我：

“你打算怎么办？他明天也会来找你，要是被他找到，你不挨打绝对不算完。”

我们噤声了，哈米德不解地插言说：

“那个麦尔祖格是谁？你们怕他怕成这个样子？”

他作出了“我怕他”的判断，我真丢人！我把苦吞到肚子里。是易卜拉欣·萨阿德回答了他的问题，他一五一十地讲了麦尔祖格的事，但是讲到纳绥尔在空地上挨打那天发生的事时，他故意把扇耳光的情节跳过去了，以免再回想起那些丢脸的细节。哈米德面色严肃，说：

“我爸爸教导我，要面对问题，不能逃避问题，否则问题就会越积越大。去找他，让他谅解你吧。”

“你根本不知道麦尔祖格·阿卜杜是谁！”

纳绥尔捂着脸，又补充道：

“他这家伙狠极了，坏极了，没人敢站在他面前说话，他跟大人打架都不带怕的，有人说，他火气要是上来了，二话不说就掏刀子。”

哈米德建议我：

“跟你爸爸说说，让这事快翻篇吧。”

我心想：你要是了解我父亲，就不会出这种主意了。

他接着说：

“萨勒曼，别不说话，你这样是帮他欺负你自己。”

我问他，我怎么能帮他欺负我自己呢？他站到我面前，口吻宛如成熟的大人：

“你越跑，他越追。”

我们又沉寂了。他的眼神有力地说服了我。我想象出麦尔祖格和他两个伙伴的脸，听到有大人们的声音传来，大家就起来去了空地。

* * *

太阳要落山了，雀鸟的啼叫响彻天空，哈米德陪着我早早地回了家。是叫人心里烦闷的天气。

哈米德沉稳地说：

“别怕，明天我跟你一块去。校门口见。”

我瞟他的时候别提多鄙夷了。我内心里恨透他了。他莫不是热血上身，非要在刚认识的朋友前逞英雄不可？在跟我打包票之前，他还是先掂量掂量麦尔祖格有多厉害吧。

我们作别了，我回家，看到我父亲正在客厅里坐着，穿的还是那件即使出门都懒得换的睡衣。肯定的，我不可能按哈米德说的，把事情告诉他，他又得先骂我，再骂我母亲，然后觉得我丢了他的脸。

他问我学校里的事，我没回答，没理会便上楼去。他见我这样，觉得我真是遇到了些麻烦。我闷闷不乐地进了屋，他也跟进来，站门口问我，是不是老师欺负我，需要他替我出气？我说没有。他从上到下打量着我，边看边从烟盒里掏出根烟叼在嘴里。他走了，带上了门，任由黑暗的想法降临，任由我自己陷在自己的问题里，麦尔祖格的脸化成大片黑暗，从橱柜上俯视着我。我分明看到他正凶狠地皱着眉，露出了恶魔般悚人的獠牙，让我心神不安，直到最后昏昏睡去。

* * *

早上，我发现哈米德如约在校门口等我，朝我挥手，我母亲赞赏地说：

“真是个有精神的小伙！”

但他可没让我打起精神来。哈米德还是个没在道上吃过教训的孩子呢。他是要当榜样的人，不去掺和吵架也无所谓，但他却老装成一副强者的样子，太假了。

他跟我满面春风地打招呼，高兴得我都烦了。校门口铺着四四方方的水泥砖，茉莉树被修剪到同样的高度，藩篱一般围列四周，我们背着沉重的书包跟在其他学生的后面，往自己的班里走。这些学生中有一年级的小孩，他们动不动就哭；有初一的孩子，他们净想着早些长大。大家都穿着相同颜色的制服，灰色的长裤，白色的衬衫，个头高高矮矮，身材胖胖瘦瘦，颜色却整整齐齐，无序，却也有序。

我的身体开始替我找理由了，我感到一阵恶心。哈米德问我：“你没事吧？”

我强挤笑容，点了点头，逼自己进了教室，走到了麦木杜哈剩给我的那张桌子前。哈米德开始给我列数几条解决我和麦尔祖格·阿卜杜之间问题的对策，我却没心思听他说话。我们把背包留在教室，准备去操场做早操。

我唯愿自己变成隐身人，消失吧……融化吧……去死吧……我不想当人了，光是害怕就让人卑贱到了尘埃里，这说的可不就是我。我的眼光落在麦木杜哈·马格里比亚身上，他还是和往常一样丧着脸，慵懒地插空到队伍里。他在队伍里时没搭理我，但回班时我们在门前撞了个正着。他冲我威胁地笑了笑，我愁眉紧锁，慌乱到打颤。我意识到，事情不简单，哈米德温和地鼓励我，好像在给我加油，纳绥尔和海德尔则坐在座位上，担忧地看着我僵硬的脸。

第一节课上完了，第二节课也快要下课了。我在内心深处祈祷着，但愿永远都别下课才好！

我往坐在左前方的哈米德那里看，他正在听讲，决心要听懂老师讲的每个字，右脸的侧颜仍是那副专心致志的大人模样。他根本不像是初一的学生，那种聚精会神的样子简直像个正在研究什么的学者。他两眼不离老师，老师讲什么，他全都记好笔记。他真像他看起来那样勇敢和坚韧么？他又惹得我心中反感，他体格这么结实，而我却这么不禁打。

午休的铃响了，这就是说，死期到了……我们都往食堂走。到时候了，不得不面对他了，他要站在我面前了，要当着他们的面揍我了，一路上，我偷偷地把惨败的场面想了又想，然后进了食堂大厅。打饭窗口前的学生排着长队，像过山车，又像蠕动的蛇。我们排在队尾，慢慢地跟着往前挪。食堂很大，可在我眼里却小的很，我用眼睛梳理着四周，找寻着那张有如黑色磐石般的脸。

老师们在门前聊着天，任凭学生们随意地把空餐盒打翻在地，踩在食物的残渣上跑来跑去。

骚乱伴着喧嚣，净是不知所云的喧哗，以及跑动的足音，还有各种噪音和喊叫的回声，叫我不得专心。空气被人的气息污染了。

正沉湎于悲观的我，听到海德尔被狠掐了一把似的喊：

“他在那儿呢……门口，麦木杜哈旁边。”

我往门那边看，不用看脸，只看体型，很快就看到一个迥然独立的大块头。我眼中的正是麦尔祖格·阿卜杜，他跟我们一样穿着白衬衫、灰长裤和红鞋子，高大壮硕的身躯从人群中突出来。他不讲什么规矩，愣往前挤，看都不看拍着的长队和站着的老师，径直来到窗口前，跟马格里比亚买了点饭。

这一道上，卖饭的员工挨了他的骂，一个学生脖颈上挨了他的打。他二人朝食堂一角走去，在混乱中没了踪影。

我血压陡然低了下去，身体紧缩，心跳加快，寒意袭来。朋友们从我的脸上察觉到我突然的变化，放我去了餐厅的另一角，好躲麦尔祖格远远的。我把零钱交给他们，让他们帮我稍微买点吃的。

那是恐怖时刻，那是风暴时刻，整个学校都与我同在，我却只觉得与世孤绝。我咀嚼着我的恐慌，恨不能全力把它吐出去，腹痛又开始不停地发作了。

“别担心。”

哈米德这次没说“别害怕”，而是换了个词。他轻拍我的肩，语调显得更加自信了。

“他伤不了你……我向你保证。”

看到狗死了都哭哭啼啼，还在这儿跟我保证！哈哈哈，等麦尔祖格削你的时候，看你这张自信的脸会变成什么样子。

我们吃过简易三明治，喝了果汁，就赶快起身回班。我避开一路上的混乱场面，走出了食堂大门。

途中，我的肚子再次疼了起来。到了班级门口，我让他们先进去，自己右拐进了洗手间。我忽然想，要不干脆在洗手间里躲到午休结束算了，当然，我没当真，这也太滑稽了。我打开门，公共洗手间的恶心味道扑面而来，常年弃置的洗手池满是污垢，上方的镜子上的浮土也没人擦，脏得很。水龙头里的水滴答滴答地流出来，我努力不去听这讨人厌的声音。自此另起新段自来水的味道浓厚刺鼻，让人难以呼吸。我不想用这洗手间了，还是去其他年级找一个能用的吧。我正想出去，却听到从一个隔间里传来的低语声，引发了我的好奇。我上前几步，想要一探究竟，不由地捏紧鼻子。烟味越来越浓，直至变成了空气中的织物。一个隔间的门开了，出来的人是何等的恶毒，我早有领教。是法赫德·阿拉吉。他看到我时定住了，瞪大了双眼，气恼地捏着眉头。我五雷轰顶般惊怵了，心中忿忿：他怎么也在我们学校？

他狡黠的眼光直刺过来，从他背后传出恶魔的呼唤：

“都来看看，谁来找我们了？”

麦尔祖格从另一个隔间出来了，他气冲冲地看着我，在裤兜里翻找着什么，然后低声吼道：

“你跑不了了。”

刚刚想跑的我退缩了，颤抖着后退。

跟被打疼比起来，被打败根本算不得什么。小孩们都这样想。我哭了，求他放过我，可他冲上前来，一把揪住了我的衣领，把我推到了墙角。他的脸如此愤怒，摆明想要揍死我。阿拉吉点上一根烟，对他说：

“我们怎么整整他？”

我软了……求饶了……我向他乞怜，他叫我闭嘴，之后叫阿拉吉站在门口放风。

我心中那个悲观的声音说：求饶吧，这样事情就结束了。我的本能这次背叛了我，那种恐怖的力量没能现身把我救出困境。

阿拉吉只用了几秒便站到了门口，可我觉得这几秒好长好长。没等他攥紧把手，哈米德开门进来了。

* * *

他一副不设防备的样子。他怎么找到我的？我没在心里问，因为当时我的大脑已经不愿想这些细枝末节了。总算有了一线生机。

我一见哈米德就哭了，麦尔祖格用胳膊卡住了我的脖子。见哈米德意识到了事态的眼神，阿拉吉边吞云吐雾边对他说：

“宝贝儿，到这儿来。”

我能预想到的最好情况，就是哈米德赶快逃跑，在麦尔祖格没有把我打废之前报告老师。可是哈米德却站在原地，环顾四周，好像在目测这片场地的大小和内容物。他用比成年人还大的音量对麦尔祖格说：

“把他放了，要不有你后悔的。”

这不是哈米德的语气。过去的两天中，我从未从哈米德口中听到过这铁一般严酷的言语，像是精悍的军官对着一群尸体发号施令。

我对自己说：哈米德，这可不是你自信的时候，快跑吧，遇到谁就赶快把事情告诉他。他徐徐向法赫德·阿拉吉回过头去，站到了门边，朝着麦尔祖格自信地说：

“你一个，我一个。”

于是阿拉吉完成了他的短腿不可能完成的飞跃，远远地飞到了洗手间那里，不是他自己有多能跳，而是哈米德在空中抓住了他的手，使劲把他朝另一个方向摔了出去。

麦尔祖格丢下我，朝哈米德扑去。我试图逃跑，发现阿拉吉正满身脏污地站在我面前。我向后退却，把他俩都留给了哈米德一人。

“狗杂种，我看看你有什么能耐。”

麦尔祖格恐吓道。哈米德也做出回应：

“拿出你全部的本事吧。”

两人的体格差距悬殊，麦尔祖格飞出一拳，哈米德灵巧地闪开，反手一拳正中麦尔祖格的下巴，后者不禁往后踉跄。阿卜杜怒吼着，暴莽地全身压向哈米德，两人扭打在地。我暗自发问，哈米德这个居家好少年怎么会有这么大力气？他还能撑多久？场面一度激烈澎湃，特别是我留意到，麦尔祖格脸上的愤怒不见了，取而代之的则是畏惧。他高耸右眉，眨着眼皮，脖子左摇右晃，做出制胜一击的尝试尽数徒劳无功。

最终，麦尔祖格·阿卜杜——那个恶名昭著的狠货——跌倒在地，哈米德骑在他的胸前，拳头倾泻而下。

“我会收拾你的。”

麦尔祖格重复着绝望的字句，而精瘦的哈米德则回以更多的拳头。我被哈米德惊住了，忘却了阿拉吉的存在。这时，我发觉他意欲动手，我便猛扑上去，轻而易举地把他掀翻在地，用尽全身的力道照着他布满伤痕的脸一通踹，直踹得他口中淌血。

我兴奋了，感到先前的自信又回来了。我踢得更狠了。麦尔祖格嘴上威胁着，身上可是不住地挨着拳头。他坚持不认输，顽强地想要做些什么还手，哪怕只是象征性的反抗，可他除了威胁，什么都无能为力。我癫狂了，踹过仰倒在地的阿拉吉，转向了哈米德身下的麦尔祖格。曾经对他的恐惧剥夺了我的骄傲，现在，我要把我的骄傲全部夺回来。他的脸在我眼前是如此挫败与卑贱，我往上啐了一口，然后踢了起来，他的脸上留下了我鞋底踩过的洗手间地板的水渍。

我又踢了一脚，这脚贯注了我一周来所承受的加倍的苦痛。他快要哭出来了，求饶着，放弃了反抗。阿拉吉从洗手间夺路而逃，门都没关。我还想朝着麦尔祖格踢第三脚，哈米德制止了我，命令道：

“够了。”

自从他向我展现出这等的勇气和力量，自从他把我从麦尔祖格的虎口中救出，还当着我的面击垮了他，我就完完全全地服了。他用实际行动给我上了一课，让我明白，胆怯织成的故事有多么脆弱。我们离开时，麦尔祖格仍旧没能站起来，他躺在洗手间潮湿的地板上，一直哭，一直哭。

那一刻，我的情感，我的幻想，我灵魂的幽暗，被我踩在脚下的卑贱的敌人，都像极了我在屋顶屠狗的时刻。内心的罪人扯碎了尊严，屈辱得像是一条流浪的狗。

从洗手间出来了，清新的空气流入鼻腔，仿佛为我新换了一个肺。我的肚子很快好了，学校变成了一个崭新的好地方。

“哈米德，谢谢你。”

这是我有生以来第一次跟人说谢谢。

哈米德的形象在我眼中全然地改换了，蓦然间，他从曾经的居家好孩子变成了街头之王，不要说街头，在哪里他都是王。他看出了我眼中的好奇，说：

“我爸爸是军队里的格斗教官。”

他笑着拍了拍我的肩膀：

“看到了吧……只要你战胜对麦尔祖格的恐惧，你就能战胜他。”

我们回了班。

我们赶到班里时，午休结束的铃声刚好响起来。距离第三节课的上课铃还有五分钟，每到课与课的间隙，班里面就吵吵嚷嚷。纳绥尔和海德尔面朝我们站起来，问我们刚才去了哪里。麦木杜哈正和一个比他年龄小的同学讲话，语气趾高气扬，不可一世。我忽然有种强烈的愤慨，想要去教训他。我没理会二人的疑惑，朝着麦木杜哈走过去。麦木杜哈见我靠近，抬起浓眉，说：

“最后一节课，等着麦尔祖格来……”

我从胸前出手，一拳打到他脸上，叫他闭了嘴。他的眼神惊惶失色，仿佛知道了我对麦尔祖格做的事。我揪住他的头发，把他摁在地上。哈米德赶忙把我俩分开了。我抓起他的书包就往门外扔，里面的本子散得满地都是。他收起本子，恨恨地看着我，而我则带着自己的书包回到了我该坐的位置上。落座之前，我在班上环视一周，用挑衅和夸耀的眼神告诉他们，我，再也不是曾经被他们用恻隐的眼光注视的我了。

* * *

我原以为事情已经完了，麦尔祖格再也不会作恶了。谁知，放学的铃声响过，我们又在校门口见到了他和阿拉吉，二人已等候多时。他的手中露出金属的亮光，两眼像烧红的火炭。麦木杜哈从后面猛地推了我一下，我没站稳，跌倒在地，腹部随即被踢了一下。纳绥尔一脚踹到他屁股上，把他从我身边分开。我站起身来，我、纳绥尔和他三人扭打起来。与此同时，我还寻觅着哈米德的踪迹，见他飞速且坚定地朝着麦尔祖格冲来。我自问：哈米德怎么会这么有气魄？

学生们一如往常地站在门口看热闹。哈米德遁形在人群中，只见我和纳绥尔齐力打趴了麦木杜哈，叫他落荒而逃，我们直追他到门外。

我内心的声音告诉我，哈米德又和麦尔祖格打起来了。但是等我们赶到门前时，我看到麦尔祖格正站在哈米德的身边。“发生了什么事？”我心中疑惑。待到靠近了些，我看见一个穿军装的男人站在他俩面前说话。我告诉纳绥尔：

“这是我们的邻居谢克尔，哈米德他爸爸。”

哈米德看到了我，便招呼我过来，于是我也走近前去，站在了麦尔祖格旁边，发现了他面色的变化。哈米德的父亲说：

“你们都是小兄弟，理应团结一心，摒弃争端，哪用这么犯傻……嗨……拳头、耳光、打架，然后每个人都带着伤回家，何必呢？你们只管搞好学习，只有学习才是你们成功的保障，未来的日子等着你们！”

他又对哈米德说：

“来，你得先跟你兄弟赔个不是。”

哈米德毫不迟疑地听从了父亲的要求，伸出手说：

“不好意思。”

麦尔祖格的手没有动，哈米德的手也没有动，他的父亲见状，慈爱地边说边用手摩挲着麦尔祖格的头：

“孩子，怎么不跟你兄弟握手啊？”

在哈米德父亲满溢的慈爱面前，麦尔祖格跟变了一个人似的，他后退几步，眼睛泛着光，泪水几近决堤。他没留给我们看他哭泣的机会，转身跑得远远的，跑啊跑，直到道上的汽车阻隔了我们的视线。那时候，我咬着牙把内心升腾起的对他的同情埋了下去。几个小时之前，他还是我惶恐的根源，现在竟成了我同情的对象。一阵恼火在我心里蔓延，一切都是那么惹人生厌。

3

从那天起，麦尔祖格不做坏事了，我腹中的绞痛和夜晚的心悸也消失了。过了两天以后，我又见到了他，他故意往过道的右边看，不想与我眼神交汇。他不再面露凶光，表情发生了微妙的变化，说不上来具体是怎样的变化，让他看上去宛如一个乞丐，随时准备把脸埋进悲哀的波涛中。

回到班上，我们跟麦木杜哈订立了秘密和约，条款仅有一条：互不说话。

我挣脱了“恐惧”这个恶魔的枷锁，重新获得了自由。世界尽是荫绿，我体验着自主和独立。尽管一切的缔造者不是我，而是哈米德，可这不等于我没有起到辅助的功劳。这份功劳在我心中沉淀，带着点白日梦的成分，切身可感地滋润着我，让我试着告诉自己，我也能变得像哈米德·谢克尔一样。他英雄的形象在我眼中高大了许多，对他的赞美溢于言表，他的伟大我难以比肩。

诚然，这些事没有改变他对待我的方式。他不会和我显耀，和我交往的时候，人们不会认为他觉得我弱小，也不会看出他就是在我行将失据时救我脱险的功臣。可尽管这样，每次他突然出现在我面前，我便觉得脑壳里像嵌了根钉子，感觉我的自尊正折磨着我，感觉云淡风轻的圣人哈米德正折磨着我。他给我的并不是开释的快感，而是对我的奴役。

* * *

日复一日地，第一个月平静地过去了。这个月以来我只顾着做一件事，它不可思议，引人入胜又光彩熠熠。我试着吸引索菲的眼睛。不知从何时起，她每天午后都会来我家拜访，在我妈妈的指导下补习阿拉伯语。那时候，她便在不经意间向我投以晶亮而顽皮的眼光，藏着一个被禁锢女孩的华彩和可怜。

第一次和她讲话的情境令我难以忘怀。她胸前捧着书本和笔袋，轻快地往我家走来。她穿着那件夺目的白色连衣裙，小巧的脸庞可可爱爱，语言难以描述出来。望着她，我双肺仿佛停止了呼吸。我的胸口渴求着赖以呼吸的那口气，好让我别颤悠，动起来，坐到她的身边。我们离得很近，那样近，难以想象的近。哎，难以理喻的造化……当时我刚好要出门，她则正要进我家的门。她太阳光似地贴到我的身边，宛若从云朵间的缝隙穿行而来。为了克服畏葸，我鼓足好大的勇气，绷紧了神经，直直地注视着她的眼睛。想说的话一溜烟地从脑子里逃走，我能把握住的，也仅仅是组织起一个没有温度的问题：你叫什么？她下唇微动，好看地侧过来，说：

“索菲。”

我在她甜甜的声音里融化了，感到香软的草莓味滑入了喉间，心里被电得酥酥麻麻……是心里面环行的光，是满载神圣意味的赞歌。

她进到门内，羞怯地来到客厅，穿过堂前，原来的黑云，因为她的到来而散去了。本能的欲念在唇齿间涨起，我急促地呼吸着，用言语采撷她熟美的芳名：

“索菲？”

“嗯呐。”

她回答道，之后转过身去，怀里抱着笔记本，脸上浮现出天真的笑意。

“哈米德在家呢？”

“对呀，我留他在屋子里复习了……你要我把他叫过来嘛？”

“嗯嗯……我是说，不用了……不用啦。”

“你要我”——令我魂不守舍的词汇，似在暗示她正听命于我……我缓过神来：

“明天上学就会见到他的。”

睡前的那段时间经常充斥着各种奇怪的想法，我止不住地想她的事。我闭上眼，没有满足身体之欲的迷思，幻想她就卧在我身边，抚摸着我的头发……整理我书包里的本子……叫醒我去上学……为我准备早餐……我们一起吃饭……我开着他父亲那辆白色的小轿车，她坐在我身边微笑着，辫子上的红头绳系成了一朵花，她的香味在我心头飘散。渐渐地，我想的全是她……脑海里全是她……心里面有了她，心里面满是她。

我满怀期冀地在笔记本最后一页画起了小爱心，在中间颤巍巍地描上箭头，两端是我俩名字的首字母，象征着某种未曾有过的情感穿透了我的心境，开启了我心底闭锁的世界。仿佛我们千年以前就相识，我们必定是前世的恋人。少年对不同国度的哲学一无所知，而这种感觉又多么不可思议……不，人类本身比这种感觉更加不可思议，似乎整个世界，连同它浩瀚广大的知识，连同它令人费解的秘密，连同它生发不绝的哲学，自原初之时便封存在他的深处。

是奇迹般的情感。那时悸动的我在心里说：或许，这就是爱。

人是从哪里学会了爱呢？家庭未曾教过我们，学校未曾教过我们，社会也未曾教过我们。爱的表征是什么？法则是什么？方法又是什么？我们又何以知晓自己正爱着谁？童稚之爱是和成人之爱相等同，抑或比之不及，还是在阶段上更为崇高？有多少学校、大学、课程、理论和科学帮我们开拓理性，却没有一门课关注我们的感情，教导我们什么是爱。多荒唐！

这份未知的情感深入到我的血液里，我为它有多疑虑，就因它有多温暖。我浅薄的阅历不足以作出应对，更别提在理解它的结果后再行事了。就任由它在我内心游走吧，我投降，我观望。

* * *

哈米德依旧折磨着我，又过了一个月，我还是很烦他。他对那件事闭口不提，再没向谁展现过他的英雄气概，大部分少年做了这种事都会炫耀的，但他却不这样。慢慢地，我开始把这种做派看作是他轻薄的同情。这种思绪积压在我心头，让我带点厌恶地排斥他。我有意地不去看他。每当他不含一丝蔑视的眼光将我穿透，我便感觉自己的内心被赤裸裸地摆在了他面前。

每每看着他对我微笑，我都反复地默念："哈米德，你这混蛋！"

他救了我，我便成了他置喙的贱木头。我竭力压抑着这样的感觉，可总是不遂我愿。在比赛中，尽管他是我的对手，我仍给他腾出过人的通道，装作不经意地把球传到他的脚下；他说话时，无论内容有多无聊，我都听得格外用心，结束时装作深受触动。

一切都使我觉得卑微。他非但没有要求我知恩图报，反而极其重视我的复习，不让我脱离正轨。他还在家里给我补课，可他在场时我简直感到缺氧；这不是忘恩负义，而是困窘作祟。当我想起那些事，我觉得自己被碾压，我和他说话时都变得着慌，脱口而出地尽是屈从的腔调。和他在一起，我愈发地失去自主，失去自己。一点一点地，我与他渐渐疏远了。

伙伴们见我这样，内心嘀咕，纷纷猜测。就像早有期待似的，他们很快接受了事实。我跟他们解释疏远他的原因：哈米德是个用功的学生，我们得跟人家保持点距离，不能妨碍他优秀。就这样，其他人也同他疏离了。我们把聚会的地方换到了放着破车的那个巷子里，剩他一人每天午后到空地上孤单地踢球。

即使是在学校，我们和他在一起也仅限于在班里的时间。午休时分，我们在食堂的打饭窗口解散，然后到另一个地方再集合，离他远远的。他觉出我有意疏远他，后来，他觉得我们是不愿意和他玩，只好接受了。

* * *

某天，母亲在堂前叫我，我过去的时候，见她正和哈米德说话。哈米德向我问好，我没应声，母亲意识到我俩之间闹了不愉快，就拉我们一起坐下，想要缓和缓和气氛。坐着的时候，我始终怒火中烧，没参与他俩的交谈。他俩聊学校，聊老师的上课方式，哈米德又恢复了往日的语气，跟个大学生似的说起了教学大纲有什么不足。肯定是从他爸爸那里背下来的。他还不忘在她面前夸我，说我积极参与课堂互动。我母亲问他有什么复习计划，他说，每天晚上他父亲都会在睡前教他。她又问他父亲念没念完高中，他自豪地回答说，他父亲从科威特大学拿到了哲学学士学位。我母亲称赏地问：

“学士！！怎么做到的？他要是军人的话，军衔岂不直接就是准下士[①]了？”

他回答的语气有些没底气：

“嗯，因为我们是……”

他的声音忽然低下来，唇间低语道：

“‘无国籍者’，但这种状态不会持续很久的，情况会变好的，我们很快就能拿到国籍，我爸爸是这样说的。”

这是我第一次听到“无国籍者”这个词。我不知道这是什么意思，但是这个词从他嘴里说出来时，好似拴着沉重的铁锁，他的脸色随着锁链的节奏改换，我第一次瞧见他的信心摇动，他的神色让我大致了解了这个词的意味。

出去的时候，他的脸色变得悲伤而屈从。不知不觉地，这场景一直持续到我坐上轮椅的那天。

每次听到“无国籍者”这个词，我的内心总会涌起阵阵悲伤，我的心为哈米德那天心碎的样子而悲伤。

我丢下他俩回了屋。

① 准下士：士兵中的最高军衔，高于上等兵，低于下士。

* * *

我母亲不能容忍我对待哈米德的行为，待他离开后，她说我丢人，还解释说，我这就是嫉妒，是因为我觉得哈米德比我强。

我问她：

“哈米德说他们是‘无国籍者’，这是什么意思？”

她深吸一口气，又呼出一口气，说：

“就是说他们没有国籍。”

“什么是国籍？”

“你属于某个国家的证明。”

我挠挠头，问：

“那我们有证明么？”

“有啊，我们有科威特国籍。”

“但是哈米德和我们一样是科威特人啊。”

“这事对你还太复杂了。”

“那他还能当军官么？”

她看看表，对我说：

“我也不知道……你刚才就这么粗野地走了，快去给人家道歉。”

一通迅速的教育过后，她命令我马上去找他，邀请他和我一起学习。

冬天向我们吹吐着第一缕寒气，我家到他家很近，但我的脚步却很沉。我不理解，说哈米德不是科威特人是什么意思？于我而言，归属的问题只与所处的群体有关：小团体、班级、学校、街道，至于政治上的意味，那时的我连最简单的都理解不了。那无关歧视，只是层级的分别。

每天早上，他和我们一起向国旗宣誓，声音比我们都大：科威特万岁……埃米尔万岁……阿拉伯民族万岁……难怪我不理解，难怪我需要解释。

我望见哈米德的爸爸谢克尔从清真寺回来了。我向他问好，他转头看我，报以欢迎的微笑：

“萨勒曼，你好呀。”

他伸出手和我握手，接着说：

“小精神，最近好不好？”

我的手陷在了他的手中：

“挺好的。”

我盯着他整齐的胡子答道。

他问我：

“跟我说说学校里的事吧，你成绩是不是很靠前？”

我笨拙地笑笑说：

“我也不清楚。”

他仰头望天，看着我父亲的鸽子，又转而看向我家房顶的围墙，又把目光落回我身上，问我：

“好……小机灵，告诉我，是谁天天往你家楼顶上跑？”

“是我爸爸，他养鸽子，会在上面呆好久。”

他按了按眉毛，摇着头，有些不快。

肯定是狗叫吵到他们了，也可能是我父亲从上面骂他，朝他吐痰了。

他换了个话题：

“平常吧……哈米德说他是班级第一，但是有你这样的聪明孩子在，我感觉他不行……你说是不是？”

他的说话方式积极又尴尬，难怪哈米德每句话说完老是加上个“我爸爸这么说的。”我呆呆地说：

“哈米德是我们班最聪明的。”

他摸着我的头说：

“啊哈……那你怎么才能比他更聪明？”

我耸耸肩，摇摇头，作出了国际通行的“我不知道”的动作。

结果他代我回答了：

“当然是复习，背诵……有没有什么不懂的，想让我给你讲讲？”

我差点想要求他给我解释“无国籍者”这个词，但是我改了主意。和他讲话又吃力又困难，他跟我说话时，仿佛我就是个大小孩。

“不用了，我妈妈会给我讲的。”

他又举目往我家房顶上看，然后看看我，笑着祝我成功，然后招呼起哈米德的名字。

哈米德见我和他爸爸站在他家门口，快乐几乎是写在了脸上。如果我是他，会装做自己正忙吧，可他没有，他没有掩饰自己的快乐。他向我问好，我没有像他那么热情地应了声，然后就进了我家。我母亲见我俩一起，笑着给我们端来了糕点和果汁。我打开书，向她展示，我也是有好好复习的。哈米德也帮我，让我在妈妈前显得比他更聪明。母亲向我俩提问，他假装不知道答案，故意把回答的机会留给我。

我该怎么跟他相处？这个问题纠缠着我。我恨这种奴役。

复习完之后，我们来到院子里，他拿着球。日光将天际染成了橘色，我和他在余晖中玩耍。我们轮换着踢点球，先是我踢，他守门，然后交换。玩着玩着就无聊了。他已经察觉到我累了，是在艰难地陪着他玩，可还是不停地踢出我能挡得住的球，给我放水，让我把许多球射进他的球门。

世界又回到永恒的样子，雀儿叫，影子消，月亮羞赧地挂上天空，太阳渐渐没了踪迹。哈米德说：

“好吧……该回家了。”

我什么都没说，转身往家里走，仿佛早在等他发话。我留下他捡球，他一个人回去了。

我确信他曾稍稍停下来望着我走远，可能是他感到我们的友谊出了些差错吧。或许他认为我疏远他，是误解了他的哪个做法。他招呼我：

“萨勒曼！”

我还没走出空地。我停下来，回头看，声音干脆：

“嗯。”

我知道，他要问我对他不满的原因了，可我还没准备好。

他快步跑到我身边，我们继续并排走着：

“你讨厌我？”

“什么？”

“我做了什么惹你厌烦的事么？”

“没啊……你怎么问这个？”

“那为什么这两周以来你总躲着我，为什么纳绥尔、海德尔和其他人都不来空地上玩了？我对谁做了不妥的事么？我伤害你们了么？还是你们想杀狗了，我在场会阻止你们？”

“哦，哈米德……那天起我们就再没有杀害过狗。”

“所以到底发生了什么？有话直说……你对我隐瞒了什么？”

“什么都没有发生，其实都是因为我们不想打扰你复习……你是用功的好学生。”

说出“你是用功的好学生”时，我觉得自己有点拙笨。

他低头看着地面，用脚滚着球，说：

“这是借口，还是开脱？”

我不知道怎么回答他。和他在一起时，我是感觉自己时常尴尬，还要规束所有的举动才行。于是我跟他说：

“行吧，我明天跟他们说，都回空地上来。”

他微笑起来，是那种我们用来挽回面子的微笑：

“我不是在叫你同情我。”

他一脚把球踢出老远，然后跑过去，追上了，又踢，我就看着他在远处踢啊踢，直到踢回了他家。

我意识到自己有多自大，对他的方式有多冷漠。我真是像我妈妈说的，因为受不了他的优秀，因为嫉妒他才疏远他的么？还是这一切只因青春期阴晴不定的心绪？

我想到自己以前和姨夫姨妈的孩子们在姥爷家庭院里玩，想到自己伤害他们时的粗野做法，又后悔起来，可是这世上没有回头路，为做过的事后悔是没有用的。

我对自己说，哈米德都这么追问我了，也没提及洗手间的那件事，也没说“难道不是我把你从麦尔祖格手下救出来的吗？”这是不是说明，他是真朋友……知道我的弱小，也愿意接受我？那我怎么还会觉得他从内心里高高在上呢？

唉……为什么大地在我面前变黑了，街道忽然就空了，让人背脊发麻的颤抖拖慢了我行路的步伐，我多想大声地对他喊：哈米德，对不起，是我觉得你的善良不应该被你这样的人用到我身上……你这样无足轻重的人……除了你以外，但凡是谁，我都能悦纳，但是你……你，哈米德，就不应该比我好，你知道为什么吗？哈哈……因为你是“无国籍者”，你不是科威特人，你哪国人都不是，无论你做什么，你都不会比我好的，你听见了么？无论你做什么。

我回到家，母亲看见我眼含泪水，迅速从原来待着的地方来到了客厅，双手捧着我的脸，看着我哭红的双眼，把我抱在了怀里，用慈爱包裹着我。我想要结束我的后悔，最需要的就是她的慈爱。她问我：

“怎么了，你哭什么，和哈米德吵架了？”

我抽噎着回答说：

“没……什……么……的，没事。”

她叫我去洗冷水澡。我洗着身体，皮肤打着冷颤，稍稍接受了现实。我陪她去超市买了些日用品，她给我买了好多的可可脆，平时她可不给我买那么多。

＊＊＊

睡前，房间里，我满眼看到的尽是哈米德的脸。他忧伤地看着我，眼神痛苦而黯淡。多希望那晚能长些，让我静静地看着他，为我对他的自私而自责，这样我就会好些。我极尽真诚和坦白了。我和他之前的事在记忆里复苏了，我们的关系还没超过两个月，可按照那时我对日子的度量，我们的关系又远不止两个月。

我感到难捱的羞愧和耻辱，与此同时，对他妹妹索菲的思绪尝试着将我卷向远方，那里的一切都美丽而包容。待睡意涌来，我面对着它，软弱又乖从，当晚的所思便疾速地散去了。

我做了一个人物交缠的梦。梦里，哈米德就是索菲，而索菲就是哈米德。跟动画片里的情节似的，他们的身体融二为一，成了另一幅模样……和他们都相像，和他们又都不像。我也应该融进去，和他俩的身体融进去，这样我们就是完人了。在我努力的时候，我的母亲叫醒了我。上学了。

＊＊＊

哈米德没像每天早上那样向我招手，也没和往常似的在进校门时朝我微笑。上过了第一节和第二节课，他都没往我这边看过一眼。他照旧注视着黑板，面色不悦一望即知。他让我觉得我不是在班里，而是在另一个遥远的世界，我看得见他，他却看不见我。这样的割裂感比承认自己孤独一人更甚，我想要把最后的后悔一气呼出去，再大口地吸入新鲜的空气。我眼中的那两节课不过是老师的双手在黑板上反复的挪动，以及上面画着的我无意解读的线条。教室的角落升腾起压迫的静寂。我想的全是哈米德，注意力都集中在他身上，期待着他能用某个动作告诉我，他知道我在，这也就表示着他开始接受我的道歉。我完全意识到自己对他犯的错有多严重了，这使我倍加后悔，让我直面自己的傲慢。我应该主动去道歉，去祈求他的原谅。

午休的铃声响起，我打定主意，朝正确的方向走去，去向他道歉，可正当我站起来时，见他起身匆忙地走向食堂，好像在躲我。“既然他躲我，那我是不是也不该搭理他？”我自问的语气隐含着自大。可不知为什么，我就是跟了过去，招呼他：

“哈米德……哈米德。”

他停下来，没有朝我回身。我快步跟到了他旁边，他面无表情地盯着地面，是我认识他以来从未见过的表情。他眼里一直闪烁的仁爱消失了，笑容枯萎了，嘴巴干涸了，仿佛再也不想和我做朋友了。

我见他这副不正常的模样，咽了下唾沫，赶忙问他：

“哈米德，怎么了……你讨厌我了？”

他没回答，而是接着往前，留我一个人呆呆地站在原地，任由我的自尊被掌掴。

我又喊：

“哈米德别走……你听我说。”

他转过头，整个身子冲着食堂这边，决绝地说：

“萨勒曼，你现在起离我远点。”

我立定着，望着他跟着大群学生朝食堂走去。我看着他消失在门后。

学校的这一天过得迂缓又沉重。可那天是周三，下一天就是周末放假了，本来应该过得很快的。

学校里的时间磕磕绊绊地流逝着。在脸上装出微笑并不难，可那微笑好假。我做不到不往哈米德那边看，他离我好远，是超越了空间距离的遥远。

和母亲回家的路上，她问：

“你们和好了吗？”

我朝远处转过脸去：

“没。”

她深深叹了口气，说：

“他是个懂礼貌的孩子，是优等生，错误绝对在你，你别把事情弄复杂。今天再去道个歉，别淘气了。”

我不知如何是好。我要怎么跟妈妈说呢？是他不给我道歉的机会。他亲口对我说“离我远点”，可她会相信么？

* * *

我和母亲坐在桌旁吃晚饭，吃饭的时候，她给我说了一连串的礼仪和建议，说这些是小孩和邻居打交道时必备的。她提醒我，和所有人都要保持良好关系，和邻居更是如此。应该照顾邻里的权利，和睦相处，提供帮助，最重要的就是，切莫互相伤害。

她又塞给我一块面包，把淋着油的奶酪盘推到我这边，责备地对我说：

“今天你和哈米德在校园里发生的事就不算和睦相处。吵架和绝交不是邻居间该做的。亲爱的，我不想让你跟你爸似的看谁都不顺眼，你对大家要宽厚点，和气点。”

她非让我再喝一杯牛奶，她冰着牛奶，对我说：

“我和哈米德妈妈聊了聊你们之间发生的事，她很不高兴，把哈米德叫过来，当着我的面数落了一通。他向他妈妈保证，说明天就跟你和好。”

我听了很开心，她也发觉我脸上的笑意，接着说：

“她叫你明天下午跟他们一家去动物园玩，我说，你要是愿意，就让你去。”

我高兴地快要跳起来，大声说：

“妈妈，我当然要去……我当然想去呀。”

* * *

下午，我梳过头，往脸和脖子上抹了些带香味的玫瑰精油，裹好大衣，我母亲这才放我出门。我紧张地坐在客厅，等着两种铃声叫我：电话铃，或者门铃。

“你去哪儿？等他们找你吧，他们可能临时有事改了时间……别急。”

“妈妈，我不去敲门，只是到他们门前看看。”

“别了，别了，他们会说，‘这孩子不相信我们邀请他了？’，你愿意人家这么想吗……再等等，他们待会儿就过来了，叫你跟他们一起……”

门铃响了，我把母亲的教导抛在脑后，跑了过去。哈米德笑着站在门口，后面是他家的车，车里，哈米德父亲带着红色的方巾和头箍，哈米德母亲围着奶白色的头纱，透过大太阳镜片看着我。索菲坐在后座，前发上别着皇冠形的发卡。

他的面色澄澈而友善，我们握过手，他说：

“咱们走吧。”

我随他上了车后座，索菲坐在身边，羞涩地笑了。她的母亲问候我：

“谢天谢地，你接受了我们的邀请，我们还担心你不来呢。谢谢你给我们面子，谢谢。”

他父亲在前视镜里看着我：

“他敢拒绝，我就在院子里等他出门，然后把他抢走，硬拽也把他拽过来。”

我们哈哈大笑。哈米德的父亲载着我们平稳地驶过一条条街道。他开车跟我父亲开车完全不同，四平八稳，不轧减速带，也不拐急弯。

录音机里播放着“我越过你愿望的河岸”，哈米德的母亲起初跟着卡迪姆·赛希尔[1]轻声唱，然后把音量调大了。她回头看着后排的我们，说：

“你们怎么不唱啊？”

“我没记住词。”

“我也没记住词。”

“行行……就算哈米德和萨勒曼没记住词，但索菲你可是天天都在我脑瓜边上唱，来，唱唱。”

索菲的脸害羞地红了，她叫她父亲帮她解围：

“爸爸……你看看我妈妈。”

“我可管不了她，跟你哥哥求救吧。”

“我也拿我妈妈没办法，你去找萨勒曼吧。”

这下我的脸害羞地红了，胸口热腾腾的。

哈米德的母亲说：

“要是萨勒曼出面，我就放她一马。”

索菲伸出头来，说：

“萨勒曼，你看看我妈妈。”

然后她迅速地躲到了哥哥身后。

我更加出汗了，都快要喘不上气了。哈米德母亲应该觉出了我的窘态，及时地说：

“看在萨勒曼的面子上，这次就放过你喽。”

---

① 卡迪姆·塞希尔（كاظم الساهر），伊拉克歌手，文中歌曲的演唱者。

她又转回了前面。

哈米德父亲笑着说：

“看来今天我们要多求求萨勒曼了。”

哈米德的父亲给我们买了票，还从入口通道两边的小贩那里给我们买了些果汁、可可脆和坚果。我们排着队进入动物园，他排在队前，哈米德的母亲排在队尾。十一月，天公作美，赐给我们散步的绝佳天气，走路时夹带着清凉的爽意。我们跟着园里的游客在砖石砌成的通路上走，路旁围着漆成绿色的铁栅栏，边上零散地分布着固定座椅，后面的开阔地铺着软垫，里面都是来玩的家庭，孩子们在上面飞跑。

“你以前来过这儿么？”

哈米德母亲问我。

“嗯，常来的，和我妈妈，还有舅舅姨妈家的孩子。”

“哈米德，你喜欢哪种动物？”

哈米德父亲认真地发问。

“我不是特别喜欢动物。”

“没有人不喜欢动物的，你只是还没认清你自己。”

他抓住我的手，我们接着往前走：

“每个人都会和某种动物有类似之处，不是说体型，而是说性格。你懂吗？”

“不太懂。”

“比如说吧，我觉得我很喜欢马，因为我内心和它很像。再比如，哈米德喜欢鹰，没人强迫他喜欢，而是他在鹰那里看到了自己。”

“那我喜欢松鼠。”

索菲哈哈地说。

“因为你就是个爱吃坚果的小松鼠。”

她的母亲把她揽在怀里。

我们拐了个弯，通道的前方是动物的笼子。哈米德父亲对我说：

“如果哪种动物能让你注目许久，你就是喜欢它。它能让你更了解自己。”

我们走过通道，首先见到的是鸟笼，每种鸟类的笼子都是分开的。

“爸爸，把这些动物关起来，不让它们回归丛林，这难道不是在欺负它们吗？”

哈米德问。

“宝贝儿，不是这么回事，你是在用人的公正去衡量动物。我们的权利不同于它们的权利。对于它们而言，有水喝，有食吃，这就是公正，但我们人类的公正标准复杂得多，还不断变化。仅仅是有了食物和水，对人类而言还算不得公正。我们的公正基于纷争……对平等的纷争，因为我们总是为了凌驾他人而争斗……还有对持久安全的纷争，因为邪恶总是催生邪恶，诸如此类的内容就说来话长了。你有没有注意到，每种动物都有单独的笼子？实际上把一个大笼子分割开来，或许也未尝不可。”

他指向猫头鹰的笼子，接着说：

“如果我们平等地对待动物，它们就要互相啃噬了；但如果我们平等地对待人类，他们就会互相保全。”

他说的我什么都没听懂，我当时的大脑还没大到能够理解如此程度的哲理。

“但它们所在的森林也是一整块开阔的地方呀！”

“宝贝，你说的没错，不过别忘了，森林给了每种动物与生俱来的自由，这是造物主取法幽玄的杰作，我们是很难理解的。之后，祂又给每种动物指明自谋生计的道路。你见过森林里有小松鼠跟鹰一起吃食的么？”

他抚摸着索菲的头，逗她。

我们在猴笼前停下。里面的猴子倒吊在笼子顶端，轻盈地在按照森林仿制的人造树枝之间穿梭。索菲拿着一袋瓜子，往猴子身上抛，我们把她留在那里，接着去看更多的动物。

我们正对老虎的威严，我们直视狮子的自信，我们领略棕熊的凶残；鬣狗面色不善，狐狸闪转腾挪；我们依序见到了牛的顺服，驴的乖从和骆驼的耐心，见到了羚羊的轻灵，我们既喜爱孔雀开屏的骄傲，也喜爱猫头鹰若有所思的沉默。

“你们注意到没有，每种动物都有一种不同于其他动物的特质。我们也各自拥有这些动物的特质，但我们的特质都是自己选择的。”哈米德父亲说。

哈米德母亲拿着从茉莉树上折下的枝条喂着长颈鹿，我企图用一块饼干把羚羊吸引过来，好上手摸摸它。索菲把坚果撒给她的小松鼠们，而哈米德则长久地注视着雄鹰。最后，我们在哈米德父亲的要求下来到了马的跟前。

每一个笼子我们都看了，有的动物暴烈，有的动物温顺。夜晚将太阳送进了它的笼子，漆黑的色彩在天幕上巡游，仿佛天上的正义不同于地上的正义，仿佛非对即错，没有辩驳的余地。

这是我最深刻的回忆。我在记忆中为它特意置留了地方，喷洒上茉莉花的馨香，它的旁侧就是索菲的吐息。

“萨勒曼，你找到自己的动物了吗？”

在回家的路上，哈米德的父亲问我。

“没。”

“那可能是恐龙了。”

索菲顽皮地笑着说。

我们都被索菲逗笑了。

我自语：“或许属于我的动物是……狗吧。”

分裂

爱是一种崇拜。

——@alm3theb

1

周五下午快点来，这是我们小小的愿望。我们从窄小的家里跑到外面玩，这是我们大大的快乐。我已整装待发，穿好运动服，准备到球场上一展身手。我还邀哈米德穿上运动鞋参战，委派他用电子表给我们掐时间。

我欲打开门背后的善恶法则，欲打开其中的法度与僭越、光亮与熄灭。我欲打开门，走向门后的世界。一股浓烈的焦虑笼上心头。似有不祥的预感源自灵魂中模糊的直觉，预示着将至的灾祸，遮蔽了我的思考。我忐忑不安地扭开门锁，猝然间，我听到我父亲在门外窒息的声音，他好像在竭力提上一口气，把最尖厉的谩骂顺着喉咙丢出去。我猜他又和人打架呢。某种直感叫我先别开门，我犹豫了，四肢麻木，周身发冷。尽管我知道，外面的场景可能沉重得令人心碎，将会长久地重压我的记忆，我还是屏住气，不顾四肢的反对，把门打开了。于是，喉头的嘶哑声更清晰了、更揪心了。

我父亲被揪到半空，他想脱身，却被铁拳紧紧地攥住了衣领，只能破口大骂。那只手是哈米德的父亲——谢克尔的手。

我父亲毒蛇吐信似地痛骂着，尽全力试图挣脱。他的脸涨红了，表面还浮着一层土，一只脚上的鞋掉了，另一只脚上的鞋悬着，随时也要掉，他的头巾顺着脖子触到了地面，睡衣右边的袖口被撕得烂碎。

他短而瘦的身板无力违逆哈米德父亲不知从何而来的杀意。他的目光与我相遇，眼中的我钉在原地，被发生的一切吓坏了。他火山爆发似地在空中挣扎起来，转守为攻，把指甲划进了紧紧抓着他的铁手，踢踹着把他提离地面的精瘦身体。

但这些丝毫动摇不了哈米德父亲收拾他的意志。他的肌肉铁一样硬，脖子上青筋暴起，更加起劲地想让我父亲投降了。他的手动起来，把他在半空中摇来晃去。

我感到一阵反胃，把肚子里的东西全吐了出来，双肺差点咳嗽得移了位。我没有意识到究竟发生了什么事，那个时候，情感大过了思考。

我从身体中抽离……同自我割裂……我就是我父亲。

我摔到地上，眼睛流着泪，嘴中哭出声。

我一天都没把我父亲当成过榜样，他的性格也没什么想让我效仿的。从小到大，他在与不在，我都没当回事，也记不得让他为我做过什么。但在那天下午，当我见到他无畏地向难以匹敌的对手作出抵抗时，我感觉他不是为了自己，而是为了让他的鸽子能够在我眼中鸽塔的上空翱翔而战，是在为我而战。

我大声地哭了起来，仿佛在替他受苦。纳绥尔、海德尔、易卜拉欣和街上其他的孩子听闻这阵骚乱都赶来了，有些邻居也出来了。他们站在人行道边，还有女人好奇地顺着窗户朝我们这边张望。真是惹人注目的人群。

我父亲力竭了，他瘦小的体格在自卫中已经招架不住了。他抬起手来，象征性地打了几下，却频频向我这边看，眼神里透露出痛苦和歉意。

两个邻居的男人从街尾跑过来劝架，在哈米德父亲就要把我父亲掐死之前，把他的手从我父亲的衣领上松开了。哈米德父亲执意不松，两人费了大半天劲，其中有一个喊：

“哥们，行了，你再打就出人命了……别打了，他是你的邻居啊，真主有眼，真主有眼，哥们，别打了。”

其他聚集起来的大人都拥过去，把我父亲和哈米德的父亲分开了。我父亲从他的拳头间掉下来，在他眼皮底下弓伏着，死命喘气，努力恢复精神，他在走开之前照着我父亲的肚子来了一脚，我父亲彻底没了动静，四仰八叉地倒在地面，他则回了家。在关上门之前，他竖起指头，脸上没有一丝的善意，表情中都是恨，威胁着吼道：

“对着真主发誓，要是我再看见你从房顶上偷看我女人，我让你再也喘不过气来。”

他大力地关上了门。

我父亲呼哧地调整着呼吸，干咳，接连地咳嗽出带血的浓痰。他眼珠子通红，几乎快从眼眶里出来。他揉着脖子，费力地站了起来，踉跄了几步，整饬好衣服，回头看着人群，样子好像在数数，往地上吐了一口。他筋疲力尽的脸色突然不见了，往前挺了挺胸，提高了吸气的音量，神色中分明是愤怒和复仇。他走到门边，一巴掌把我推开，回到了家。

我的恐惧平息后，眼前的景象也变了。脸上倾洒着泪水，眼中是我腹痛呕出的脏物，胸腹间像插了根火棍一样疼。那么多人围在了我家旁边，可谓耻辱，可谓扯烂了我在朋友面前习以为常的自傲。猛烈的窒息感。我迫切地想要呼吸一口新鲜空气。突然，那种感觉化为了硬物，戳刺着我的双肺，让呼吸变得如此轻易。午后的太阳撕下了我的外皮，同时也暴露出我的赤裸。我想朝其他的什么地方转过脸去，可那些眼睛仿佛巨大无比，黏在了我脸上，齐刷刷地投来鄙夷的目光。

所在之处变成了世界用以向人类自证魔力的恶戏。

有那么一瞬间，我想我父亲一辈子也不会出家门了，甚至一辈子都不会出屋了，他的狗要饿死了，他的鸽子要飞跑了。当着那么多邻居的面，他被无情地、反复地羞辱，他在他们眼中的分量变得比弱不禁风的鸽子羽毛还轻。自尊如他的人，断然是不愿重返生活的，我再清楚不过了。一直以来，他是站在阳台上俯视别人的，以居高临下的态度看待一切，这就是为什么他受辱时不少人看他的热闹，却根本没有救他的意思。

易卜拉欣凑到我跟前，试着给我解心宽：

“起来起来，别害怕，要是哈米德他爸再过来，我不会让他好受的……别当着大家的面这么哭了，起来吧……走了，我们去空地上商量复仇计划去。”

易卜拉欣嘴中“复仇”这个词在我心中燃起了战意，仿佛这就是我本能力量的动力和钥匙。

我任由他在我脑袋边絮叨，自己陷入了幻想中。我幻想自己把我那绑着刀头的长矛扎进了哈米德父亲的手臂，让大家都听听，原来他也会疼。我幻想中的他哭着向周围的人求救，人们看他的眼光充满了鄙视，却没有人敢近前。

“快走了。”

易卜拉欣说道。他不知道，复仇一词是整个世间从历史原初发轫的开端，仿佛人类诞生就是为了向生活中的一切复仇，违法，是对法律的复仇；放浪，是对风习的复仇；破坏，是对自然的复仇；休妻，是对女人的复仇，人复仇的时候，便假定自己正活在天堂。

易卜拉欣忽地跑开了，我从幻想中清醒过来。“他为什么跑了？”我正思索原因之际，看到了站在背后的我父亲。他好像变成了不属于我们这个时代的人，其凶狠远超我对他的了解。

我低估他了。从他身上迸发的这股力量，正是我在房顶杀狗时迸发出的力量。他不是一个人，而是在脸上擎着复仇的意志。他手上牵的狗对着身边的一切吐着恶气，想把一切都撕咬殆尽。

人们见到这只狗猛壮的身躯和锐长的獠牙，都知趣地退避三舍，站得远远的，生怕它朝他们扑过来。它从我身边经过时，那骇人的叫声不像是狗叫，倒像是狮吼，倒不如说，狮吼和这叫声一比都成了狗叫。连我都和那些人一样退到一边。

我父亲一手拽住套在狗脖子上的链子，一手拿着根粗棍子，宿命般朝哈米德父亲的家中走去。

他大力拍着他们家的门，用我从未听到过的声音嘶喊：

"小杂种，滚出来！"

他过激地踢着门，嘴里不断重复着：

"小杂种，滚出来！……滚出来！"

不出所料的安静。所有人都等着看哈米德父亲被眼前的恶狗吓到。他们想亲眼看看，一条狗能对人做什么？他们无疑要看到最后……谁能战胜谁？

我父亲更加地激动了，开始用棍子砸门，口中也变着法儿地怒骂：

"让我看看你还是不是个男人，要不就让你婆娘出来，让她看看我是不是男人，我还就不走了，等我把你家的门砸烂，然后进你家把你砸个稀巴烂，滚出来，你到底还是不是条汉子？"

哈米德的父亲立马就开了门，好堵住我父亲的嘴。他才刚出来，众人都屏住了呼吸，大脑充血，深受刺激，仿佛电影里演的变成了眼前的真事。

我父亲给狗下了只有他和它能听懂的命令，这是在叫它把谢克尔咬个粉碎：

“簌——”

* * *

漫长的一天，我几近觉得它永无结束之时。仿佛每个瞬间都是从影缝间滴渗过去的，黏腻地，迟滞地。

我站在我家门槛，偷偷看向哈米德的家。或许会有什么好消息，来让我摆脱这吸食脑液的忧愁。就在几个小时前，哈米德父亲打开门，然后发生了那样的事。对成年人而言尚且沉重，遑论对小孩子呢。

哈米德的父亲溃败了，想要把自己的腿从狗的嘴里抽出来，而我父亲的棍子狠命地砸在他的脸上。在这瞬间，我不知道，自己胸中究竟是何心情。报了仇而心满意足，是这样么？我父亲胜过了哈米德父亲，所以我就胜过了哈米德，因而感到优越，是这样么？在亲眼见到人在动物意志面前溃败之后，我感觉它的所作所为同人类对战胜对手的欲望如此吻合，激发了我的本能，与我心底熊熊烧燃的复仇烈火产生了共鸣，是这样么？

不知道，可能我再也不会知道了。我却还感到一种不愿表露的、纯粹的悲伤与哀矜。无力辨识，只得尽己所能地为这种感情开脱。那时候，哈米德出场了，他想要帮他父亲挣脱恶狗的獠牙，结果他父亲二话没说，使劲把他搡到了屋里，把门关上，使劲地拽住门外的拉环，以免他的儿子遭到危险。

哈米德吓坏了，像失去了最贵重的东西似的嚎啕大哭，仿佛眼前发生的事逾越了他为追寻意义而自设的生活准绳，像是一场没有规则的球赛，仿佛他想挽救自己的口头禅“我爸爸说”，这是他证明自己正确的法宝。

我就在他家对面的路旁看着这一幕，听到了哈米德父亲难以抑止的哀嚎。他尽全力不叫出声，可真的是疼痛难忍。

我父亲和它的狗共同挫败了他，让他尝到了痛苦的滋味。我想，我父亲应该终于要收手了吧。而他开始担心，他的敌人还能不能站起来。显然，他胸中复仇的火焰已经冷掉了，熄灭了。他厮斗的执念和精力都散去了，觉得自己还手还得足够了。

在他周围聚集的人们不骂了，只是死寂地看着，没人敢开口叫我父亲收手。

两人的缠斗中夹杂了一丝小心。正在这时，接到电话的巡警像是从天而降。某位邻居报了警，说街上发生了聚众斗殴事件。

正中我父亲下怀，他又用只有他和狗能听懂的语言下了命令，于是它松开嘴，警惕地退到我父亲身后，好像随时准备响应下一道扑咬的命令。

我能清楚地看见狗牙在哈米德父亲小腿上咬出的洞，又黑又深，从中流出的鲜血染脏了他白色的长裤，他的鼻子和嘴也都流着血，活脱脱一个醉汉的模样。他抽紧面部肌肉呻吟着，一只手用力按住被咬的小腿，另一只手打开门。

这种收场方式无论从何种意义而言都是悲剧，世界都化成了一出悲剧，把哈米德一家推到了舞台的门槛。

哈米德父亲放在门上的手松开了，哈米德、索菲和他俩的母亲从门后出来，把所有的眼泪都哭了出来，想要以此排解往心中不停奔涌的痛楚。他们是一家人，他们的命运绑在一起。

哈米德声泪俱下，脸上的表情与其说是哭泣，毋宁说是垂丧。他心中的榜样和理想连腿都抬不起来了。我和其他人在看他时，在看他母亲时和在看他妹妹像是在众人中间找寻一个有缺陷的人，之后眼光里便尽是他的缺陷。这就是众目睽睽，是全社会都害怕的众目睽睽，它引发的焦躁难以被轻易地抹平，把羞愧放大到与死亡齐平。所有社会生来就有一种自怜自傲的属性，要是自己没得可夸，就转而盯着别人的缺陷，接着至少就可以自豪地对自己说，看啊，我的缺陷比他们少。

生命的历程在那一刻暂停了。眼前的索菲正抱着她父亲的头呜咽，我心里头有什么东西震了一下，我咬牙默念着：父亲们都该死……狗也都该死。

我泪流满面，忍不住和他们一并哭了起来，他们的心碎让我心里更难受了。我爆发了，当着所有人的面高声骂着我的父亲，说他是罪犯，说他得进监狱。我父亲漫不经心地听着我的话，安安静静地回头盯着我，仿佛眼前的并不是他，而是他在另一个平行世界的实体。

眼前的场景每时每刻都具象可感，在我的心中碎裂。它本身并没持续多久，可内在的指喻时间却在我心中拖得越来越长，长过了生命能够抵达的度量。

我父亲把狗牵到了阳台，人群还是无声地慌乱着，人们用污染和湿黏的眼色不住地窥探着谢克尔一家的伤痕。

末了，我父亲还是回了屋，褴褛、狼狈得有点可鄙，走在街上的时候差点摔倒，头巾掉在了地上。他俯身把它捡起来，又绊了一脚，差点摔倒在地。

巡警带他去了警局，他在警车内用空洞的眼神朝我看了看，毫无后悔的意思。

有位邻居主动把哈米德父亲搀到了医院，哈米德在旁边扶他站稳。他靠着哈米德，痛苦不已地跨过了门槛，所走之处留下了滴滴血迹，直到停在了道路旁。

落幕。人散了，门关了。

2

我家和谢克尔两家短暂的美好关系断了，再也没有相互往来。索菲也不来找我母亲补习阿拉伯语了。我把一切都算到我父亲头上，日复一日，我对他的厌恶与日俱增。

我把吵架的缘由告诉了母亲，母亲呵斥我，说她敢担保，我父亲一辈子都在房顶上，从没做过对不起邻居的事。她推断，保不齐是哈米德的父亲异常嫉妒他的妻子。她那么美，那么漂亮，说不定他在妄想中认为我父亲跑到房顶上跟她调情。

这种折中式的分析没有使我信服。难道就因为我父亲在自家房顶上往他家看了一眼，哈米德父亲就要采取暴力？显然不可理喻。

“儿子，行了……错就错在他是你爸。你说，你又有多了解哈米德他爸爸？”

我什么也没说，但她的话我一点都不信。

到了学校，撑着我这副身体的躯壳在哈米德眼里变得空无一物，仿佛他根本就看不见我。那么好的座位，他也不坐了，而是坐回了最开始的位置。纳绥尔和海德尔不再是他重视的朋友了，他开始在班上交新朋友，那些同学和我们的街道毫无干系。

日子一天天过去，一周周过去，尽管我们离得那样近，但距离却不断地拉远。我们又开始在晡礼之后踢足球，遵照的都是哈米德教给我们的规则。尽管我们早就不故意犯规了，可是总觉得没了他，足球也没有之前有意思了。不过无论如何，足球让我们卸下了时间的重担，轻轻松松地就熬到了宵礼的时候。

有一次，我们正踢着球，一只四处乱窜的流浪狗跑进了我们的视线。纳绥尔抓狗杀狗的兴致一下子就起来了，小伙伴们争相迎合，只有我竟觉得杀狗是肮脏的勾当，只有哈米德的泪水才能洗掉这桩恶行的污秽。于是我跟他们说，自己没兴趣，看着他们撒腿就追在它后面跑。轮到我孤单地在场地上无心地踢球了，我望向哈米德家的房子，那里关着门，关着他，关着索菲，关着我的梦想。

我母亲见我变胖了，很吃惊。毕竟她觉得增重是身体健康的标志。我长了好几公斤，顿顿都比以往想吃饭，保姆在我眼前放什么，我就吃什么，吃得快极了，但一点都不香。

* * *

毫无征兆地，一切都变了。生活不再是一天一天地走向终点，没了白天，也没了黑夜，今天和明天丧失了意义，所有的口味都是食之无味，是空气的味道，是虚无的味道。

那时候我一定敏感到想去死。我幻想自己枕着的枕头会吃人，会连同他们因强忍为之生存的痛楚而不得不承担的劳累一并吞下。我变得惧怕死亡，怕自己一睡不醒。就这样，我度过了一周又一周，对身边发生的事情充耳不闻，只是一人蜷缩在内心深处最隐秘的角落。和大家相处时，我仿佛在读虚拟的故事。故事总归要被遗忘吞噬，随人们无意间对话中的只言片语散佚。

我面前的世界错乱了。我理应把它拆解开，然后像拼乐高一样将它归位。我试着去恨所有的东西，以便去恨哈米德一家，至少将他们忘掉也好。纵然如此，我依旧想念哈米德，想念索菲，每过一晚，就越想念，仿佛那些旧事在我的枕头间涨大、增殖，在我的内心更深地扎根，仿佛我们三人本已融为一体，如今彼此分离了，谁都变得不完整了。

每晚，我站在家门口，冷风吹刮着我的脸，我凝望着他们的家。运气待我不薄，索菲的容颜很快浮现在我面前。我看到她的时候，她或是在上她父亲的车，或是和母亲从车上下来，每次想到她，她都更美了，更不一样了。多希望将望到她的时刻定格成永恒啊。在那个年纪，我想象中的永恒，不过是延续到长大为止。让生活这场游戏变得有规则吧，有了规则才会有意义啊。是泪水结束了这些时光，我回家去，进屋，静等悸动平息。

某天早晨，我和哈米德在到校的时候撞了正着。凛冬正寒，太阳都缩起身体，发不出一丝暖意。在通向班级的连廊里，哈米德迈着坚定的步子，沉稳地走在我前面。他的头微微后仰，身上的大衣快要垂到了膝盖。

我局促地跟在他后面。穿的也是大衣。快要走廊尽头的时候，他回过来给了我一个微笑。

我懵了，是我错把他的回头当作了微笑，还是我单纯地在空想，实际上他连头都没有回？我快步跟到他右边。他的侧脸安静，不染尘埃。我靠近些，尽力把脸上挤出来的微笑做得单纯些，无瑕些。蓦然间……他没有转过头，而是用不带善意的语气说：

“萨勒曼……我不想接近你，清楚了吗？”

一阵异样的电流经过我的身体。我动摇地定在原地，呼吸变得凌乱，感觉太阳炽燃般地烧灼起来。

在走到我们年级和小学四年级楼层交界之前，我追上了他，说：

“错的是我爸爸，和我有什么关系，你们就这么敌视我？”

他依旧侧着脸不看我：

“没有敌视你。我们只是不想惹麻烦。”

“我给你们找麻烦了吗？”

“不是……我没法跟你细说，我们彼此离远点，就这样吧。”

按理说，我应该由他去，让我离他比他离我还远，但我却更想接近他，样子像极了被主人打的狗，先是稍稍离远一点，过不了多久就反过来凑得更近了。我是中什么狗的诅咒了么？还是制造人与狗的灵魂所用的物料本身就并没有什么不同？这果然是真的，要不然，当我们爱上不爱自己的事物时，为什么我们会更加地被其吸引，哪怕是以尊严为代价呢？这不就是狗的做法么？我们骗自己说，这不就是忠诚吗？任何以尊严为代价的忠诚本质上都是背叛，而我已经在人前背叛过自己无数次了。

不止一次，他的东西从桌上滚落，而我从座位上起身，当着全班同学的面，把它们捡起来，替他放回原位。我的动作如此滑稽，想必很可笑吧。我没有任何义务对谁如此的卑躬屈膝，但在大家面前做这些狗一样的事的时候，我早就感受不到自己了。一个不怕挑事的同学大声地说：

“萨勒曼快过来，我的笔掉地上了。”

同学们的笑声此起彼伏，纳绥尔、海德尔和麦木杜哈·马格里比亚都在其中。我不在意，我在意的只有哈米德那张静默的脸庞。

哈米德成了我眼中的不可触碰之物，正是触碰不到，才无比渴求。倘若老师现在问我，你长大后想要做什么？我一定会说：我想做哈米德的朋友。

我不想去问自己，为何会无法抵挡他的吸引？为何要在他面前固执地否定自我？这难道就是至爱么？爱到心底，爱到终极，被爱的人成为宇宙降生的目的，成为美、惊异和揭示的源头。可我爱的不是他，而是索菲啊。难道我对他的爱是途径，对她的爱才是目的？

我已经做好了完全的心理准备，无论他命令我做什么，我将惟命是从，只要他允许我做他的朋友就好。可他依旧把我排除出他的世界，好像我从未存在；我不断地努力着，向他证明着我的存在。

他走路的方式，他在班里的举止，他坐着的姿势，和同学打交道的样子……都是我心中难以超越的顶点和完美。他的成绩是班级第一，最有活力，最少言辞……

感情也最深沉。

我开始模仿他的一切。我做任何事之前都要先问问自己：哈米德会怎么做？

冬天过去了，早晨恢复了温暖，春假开始又结束，我们的关系还是没有什么改变。到了学年的第二学期，我们的关系还是没有什么改变。

哈米德和我一句话也不说，他在我们之间筑起的高墙越来越高，我不依不饶地往上爬，想要抵达墙那边的他。

学年结束的前夕，我对最后一天的来临心生惧怕。等到那天之后，再想和哈米德同处一室，想必就非常困难了。

最后一天来得有些提前。离学年末每近一天，学生们的数量就倒计时似地少一些。我母亲认为，再去学校也没什么意义了，况且，我们几周之前就完成了教学计划，现在上的课都干干巴巴的，没什么实质性内容。所以她决定提前一周结束我这一学年的学习。就这样，那个暑假开始了，那件彻底改变我人生轨迹的事件也即将拉开帷幕。

3

炎夏往我们街区的天空中吹着毒雾，把空气烧得枯焦。地面炙燃着，时间变得无趣而低迷。街道上的孩子们，旅行的都和家人去旅行了，留下的都和七月的暑日留下了。

我父亲告诉我母亲，他要在这个假期专心扩建鸽子塔，给它配备额外的隔间，以便提高蛋的产量。听闻此言，我母亲便开始和她的兄弟姐妹们商定一起旅行的计划。我则是扎在了门前，根却跑到了哈米德一家。

我看着他们离开，看着他们进去，看着他们回家，看着他们出去，他们整日做这做那，却没心思往我坐的地方看一眼。索菲不看我，哈米德也不看我。

我感觉我是多余的，在这个复杂又闭锁的世界，我真没用。运气不为我的梦想而眷顾，偶然不为我的目的而降临。

每天我都愈发地挫败，愈发地想要了结。世界从四面八方围攻我，仿佛生活是一场战争，刚打完这一场，下一场就变得更加残酷，连眼泪的味道都变得甜了。我记得，那时候，我钻进我父亲的车里，偷偷打开他用来听伊拉克歌曲的磁带机，播放幽怨的民谣。歌词放大着流离的苦痛，埋怨着爱情与爱人的焦虑。我把它搬到自己的房间，泪水在眼眶中打转，我的凄苦被忧伤的旋律和哭泣的唱腔拉得漫长，每夜都反复地回还到我身旁。

在我的绝望中，那件事还是发生了，彻底改变了我人生的轨迹，留下的裂隙至今尚未弥合。我还小，小到无法理解人生竟会如此地用岁月的甲壳将人折磨。

8 月 1 日，星期四的早上，全部的开端。我母亲和她的兄弟姐妹定好了旅游的目的地，买好了机票，着手整理行李。她发现有些日用品忘了买，就早早地把我叫醒，让我陪她去买东西。上车的时候，我强忍着睡意，什么都不想，只想睡觉。日光逼着我闭上了双眼。我母亲刚发动车辆，忽然便停下来，一下把我弄醒了。我睁开眼睛，发现哈米德父亲穿着军装站在我们的车前。她低语道：

“他想干什么？”

她摇下车窗，问他怎么了：

“我劝你们现在还是别出去，形势——我是说街上——不太安全。”

我注意到母亲的声音里渐渐有了慌张：

“发生什么了……这边怎么了？”

哈米德的父亲低头看着地面，动摇地说：

“萨达姆的军队把我们横扫了。”

我母亲话不成声，说话的语调颤颤巍巍的：

“什么……什么时候……可是伊拉克！”

他打断我母亲，转身准备回到他的车上。

“在家里呆着吧，告诉萨勒曼他父亲发生了什么，你们都小心点。”

他上了车，消失在我们街道出口的转角处。

我母亲熄了火，手抖着，不受控制地晃动着钥匙串。她怕了，我看着也怕了，我和她一起怕。她怜爱地看着我，叫我下车。

下车的时候，我们听到天边传来震耳欲聋的爆炸声。我抬起头，看到几架战机如同火球般急速地从天边坠落。

母亲把我抱在怀里，拉着我蹲伏在地上，从声浪中保护了我。她受惊吓地把我拽回了家。我父亲一脸不耐烦地跑过来，又要开骂：

"咋了？"

我母亲把哈米德父亲的话转告给他。

"那个胆小的蠢蛋能知道什么？"

"他有什么好骗我们的？他是军队的人，知道的比我们多。"

我母亲回话说。

我父亲出门去，好像一个迷路的人，要去寻找回去的方向。我母亲在他身后大喊：

"你去哪儿？他说街上不安全。"

我浑身恐惧，母亲和我姥姥打电话时的方式，以及她不安的表情深深触动了我。在电话里，她诉说着发生的事，声音中的绝望摧毁了言语中的所有希望。

"妈妈，他们会杀了我们吗……我们会死么？"

我害怕地依偎着她，说。

"别说话，我跟你姥姥说。"

她是害怕回答我的问题，我也同样害怕她的回答。我们在家中坐着，她把灯全关了，算作预防的措施，电视机开到一台。我们边看新闻，边等着我父亲回来。

飞机在天上呼啸，我们在地上恐惧。战机声音轰隆，每次向我们发起攻势之前，会有轻悄的沉默从中间隔。开火的声音传入耳畔，我们分不清它的来处，倒不如说，分不清这是幻觉还是真实。我的母亲让我坐在客厅角落，抱着我，我们都在战栗中发抖。保姆在客厅的另一角呼叫，也不像往日一样摇头晃脑了。

我们都在等着我父亲。到了中午，他回来了，汗流浃背，绝望地垂着头，像一座残老的破宅子。

他站在客厅门前，从头到脚地看着我们，哀叹着说：

“复兴党的军队打进来了。”

他重重地叹了口气，难过地看着地面，说：

“科威特沦陷了……是啊……科威特沦陷了……”，他咬着下嘴唇，“是啊，沦陷了！”

他向墙倚倒后背，顺着滑到地上，抱着双膝，双眼噙泪。

以前我都觉得，他那两只发怒的大红眼连点泪星都没有。我还是第一次见到他哭，哭得撕心裂肺，仿佛混着大笑的嘶吼。这是被占领者的哭泣呢，还是忧伤者的哭泣呢，还是疼痛者的哭泣呢？

过了一会儿，他大声地说：

“这些贱货，是谁给他们的胆子这么做的？”

所有得知侵略消息的人都这么问，他们怎么敢这么干？仿佛大家都觉得这是不可能发生的事。

我母亲也哭起来，我贴她贴得更紧了，也跟着他俩哭起来。

我父亲安静下来，抬起头，我一眼看到了他湿润又沧桑的脸，像是雨淋过的破帐篷。他从口袋里掏出一支烟，点燃，看上去在想什么重要的事。他往上吐出烟雾，片刻之间用鼻子猛吸了几下，小声地用颤抖的声音说：

“这些王八蛋会后悔的……我发誓，他们绝对会后悔的。”

他的声音激动起来，喊声激愤：

“狗东西们……他们会后悔的！”

之后就又哭了起来。

＊＊＊

夜晚。夜晚，为我们的悲伤平添了另一种漆黑，让心底的惧怕愈发地沉积。我，我父亲，我母亲，我们仍然在客厅中恐惧地看着彼此，相互递送着对绝望命运的预测。

“妈妈，我要死了么？”我说。

“要是他们消灭了我们的军队，肯定就会消灭我们，那我们现在怎么办？”我母亲问我父亲。

“要是科威特完蛋了，那全世界都得跟着完蛋。”

我父亲的话音里饱含着冰冷，看着半空，眼神里凶光毕露。

“我们逃到沙特吧。”

我母亲说。他还沉浸在深邃的思索中。我母亲继续道：

“我和我兄弟姐妹通过电话了，他们说不准会往那里走。”

他积攒着怒火的声音打断了她：

“你们家的人都是些该死的懦夫。”

“想想你家里人吧……光坐在这里有什么用？”

“蠢货，你是叫我为了我的家庭抛弃我的国家？”

“我们手头不剩什么了。”

我父亲上了楼顶，我母亲开始给她的兄弟姐妹打电话，商量之后的打算。

“妈妈。”

“……”

“妈妈。”

“是，是。”

“我们现在也是‘无国籍者’了吗？”

“……”

我走出门外，把目光投向天空。房门开了，外面的一切都那样悲伤。

我望着对门邻居家门前的小柳树，它是绿的，可现在却显得干枯失色；它歪了，可事实上却挺拔竖直。

万物外部的姿态皆取自我们内在的心境。那些在快乐中显得闪亮的色彩，也会在悲伤中显得苍白；那些夺目的姿态，在人绝望无依的时候也会褪去芳泽。是人的心灵孕育了隐秘世界，这些隐秘世界是表象世界的投影，是被造的，是现实，却常消逝。

我们的空地没有了笑声，土地抹去了我们快乐的脚步。那里是漆黑，似乎将永远是漆黑，我面前的行道显得多么地脏污，多么地鄙陋啊。我坐在门槛上，垮掉和悲观的思想潮涌而来。

我，我母亲，我父亲，我们都会死，敌军现在就要来了，他们会像消灭我们的军队一样消灭我们。

我幻想着，喷气式战斗机降落在我们的街道，把我们从房子里赶出来，一个接一个地杀掉。身高体壮的坏人出现了，冷笑着给我们的身体放血。我怕得哭了出来，下巴不受控制地抖动。他们在杀我们之前肯定得先折磨一番。忽然，传来了我未曾料到的声音：

"你哭什么？"

我四下张望，没找到声音的源头。

"萨勒曼，我在这儿呢。"

我没想起朝他们家那边看，仿佛害怕已经擦除了能够安慰我的所有美好之物。

哈米德坐在他家的门槛上。

"你怕么？"

他问我。

我擦擦泪水，朝反方向看过去。

"如果你战胜了恐惧，并且正确地面对恐惧，那恐惧就是有益的。但要是被它控制了，那恐惧本身就会变得比让你恐惧的事物还可怕。"

他认真地说，并提高了自己的音量。我孱微地啜泣着，站起来，又擦擦泪，他接着说：

"说不定发生的这一切也有好的一面，也可能坏的一面更严重，谁知道呢……我们唯一知道的就是，应该坚持下去。我爸爸走前是这么跟我说的。”

他起身，停了一会儿，稳健地走到我身边坐了下来：

“我爸爸离开我们去到总部工作了，现在只剩我们了，我、我母亲和我妹妹。知道么？你们比我们还好呢。至少你们身边还有父亲，可我现在还不知道我父亲在哪儿呢，也不知道他那边发生了什么事。感谢真主吧，你已经比很多人好多了。”

我不哭了，忍着没去看他。他又说：

“我们都不知道现在到底发生了什么。希望我们的军队能打胜仗。我父亲说，科威特政府和伊拉克政府间可能会签订协议，这样一切就都结束了……你别害怕，事情不是你想的那样。”

他的话像火星般点亮了我的希望。哈米德好坚强，比以往的他还要坚强。

“回去睡吧，等明早的好消息……晚安。”

他扔下我，走回了他们家。我目送他穿过我们两家之间矮短的木篱笆，是我怎样都模仿不出的步态。

* * *

我父亲骂我母亲，说她老哭哭啼啼地想跟兄弟姐妹们逃到沙特。每次他对她的答复都只有一句：

“我不是他们，一群娘们。”

有时还补上一句：

“要让我走，先宰了我再说。”

不过他背过手去，说，如果她真想的话，就带着我跟他们“撤”，没问题。假使她在约定的出逃日期前没改变主意，那我们可能真就逃到沙特去了。可是放出来的消息说，阿拉伯大会上，两国政府能达成协议，解决伊拉克复兴党（执政党）挑起的模糊争端，在达成协议后的一周之内，萨达姆就会撤军。两周之后，她不得不哭时运不济了。据悉，更多的侵略军越过了国境线，萨达姆宣布，科威特成了伊拉克的一个省。

我父亲的行为和前些日子大相径庭。他在日落后出门，半夜之后才筋疲力尽地回家。每次他回来，母亲就越加坚持地要求我们举家逃离。

有一天，我听到她在他俩的房间说：

“要是他们杀了你，我们怎么办？”

我在门后吓得发抖，脑子里立刻出现了我父亲的头被鲜血染红的场景。我战战兢兢地跑回了房间，藏到了床底下。

他的德行也突然间改变了。我注意这一点，是见他要求我母亲忘掉我家和哈米德家之间发生过的不愉快，让她去看看他们，缺什么东西就带点去。他把带回来的饭菜平分给我家和他们家，每天都打听哈米德父亲的消息。自从打仗的第一天起，都三个月了，他还是没有回来。

就这样，我母亲和哈米德母亲的关系又变好了，时不时就去拜访她，在他们的家里坐上一下午。这段时间里，我就和哈米德在一起。我们的友情也重回正轨。索菲还是远远的，她的眼神却流露出接近的愿望。

我们街道的住户一天比一天少，几乎少得不能再少了。黑色的垃圾袋堆叠着，风把里面的东西吹散到人行道上，道中间的土积成了小丘。曾经带给我们快乐的街道的面貌，如今变得愁眉紧蹙。邻居家对面的小柳树死掉了，那家人丢下它逃到了沙特，其余的邻居都逃到了沙特。还在街上的，就只有我家、哈米德家和街尾的易卜拉欣家。下午两三点后，我们仨就聚在我家门口玩。我母亲不让我们去空地，觉得那边在非常时期有危险，还是在家附近玩比较好。索菲在她家门口坐着看我们玩。我们漫无目的地踢着球，只是为了安全感，为了排解街道的寂静。寂静让整条街道恐惧，也让它令人恐惧。

厚重的夜晚覆压在街区的胸口上，让它停止了呼吸，一切都死寂，仿佛夜晚咬牙变成了紧紧关合的箱子。流浪狗露出了獠牙，它们又现身了，大摇大摆地，谁都不再怕。在偶尔四处炸响的炮弹中，夜晚持续着，直到早晨阴着脸默默地接它的班，仿佛它也想从这扭曲的秩序中逃离。唯一能让我感到安心的，就是身边的哈米德了。他在我眼里已不再只是个小孩子，而是我遭难时能够在后面躲藏的围墙。是他给了我必不可少的乐观，让我坚信明天会好的。他总是挂着的微笑，他的活力，他的欣然，他脸上散发出的一切我都难以表述，却着实让他成了我眼中的英雄。从他的眼中，我看到了对父亲的挂念。他的父亲至今还杳无音讯，在这个时候，对失踪者最好的假设，就是他逃脱了。我们听说我们的军队丢下装备与粮草逃去了沙特，为谋划一场斩首行动做好准备。

易卜拉欣踢着球，说他父亲要带他上前线打仗，因为他很强，什么都不怕。两天之后，他消失了，我们再也没在他家的遮阳伞下看到他父亲的车。占领夺去了生活所有的快乐，现在只剩我和哈米德相互踢着球了。

有一天，索菲坐在他们家门口，我们坐在人行道旁，哈米德对我说着他父亲的事。索菲忽然要我们陪她捉迷藏。哈米德问我，我点了点头。

“你们快点儿进来，”她兴高采烈地说，“我先来，我闭眼数到十，你们俩在屋里藏好，我会问你们，‘藏好了吗？’你们就说好了没有，我找你们的时候，我先抓住谁，摸摸他的头，谁就得跟我一起找另一个人，我们就一起找他，然后摸他的头。这局玩完之后，就轮到你们俩中的一个，我上局怎么玩的，他也怎么玩……好不好？”

“好。”

“好。”

真好玩，比日常玩的所有游戏都好玩。我们在家里追着跑，你躲到我身后，我躲到你身后，在客厅的桌子底下和凳子后面轮番躲藏。索菲藏到了床底下，我找到她时，她突然就笑了。我摸了摸她的头发，然后两人一起去找哈米德，直到在冰箱后面找到了他。轮到哈米德时，他飞身而起，从仓库的地毯下面找到了我，摸到了我的头。我们三人满是开心地笑了，更重要的是，我真的和索菲接近了，还触到了她披肩的柔发。

* * *

敌占区不断纵深，对科威特的管控近乎密不透风。一个多月以来，外部世界的消息全都断了，绝望的情绪涌入我们的内心，显现在我们的表情中和话语中："没用的"，"都完了"，"没希望了"，"我们都得死"。

粮食告急后，大家就更挺不住了。对我爸爸来说，有两件事最难忍：最后一支香烟也抽完了；每天忙着为我们找饭吃，却喂不了心爱的鸽子。

哈米德烦心地跟我谈到了他舅舅。某天，他舅舅忽然来访，劝他母亲和他离开这里。哈米德不想走，因为他父亲临走前叮嘱他，要相信父亲。可他不得不遵从母亲的意见。我明白，不久我们也要逃了，不过是缺少能让我父亲打包动身的最后一根稻草……我从他的眼中看到了这一切，从母亲的口中听到了这一切，从大家的反应中感受到了这一切。

那天还是来了。我父亲整日未归，母亲几近要搬去姥爷家。正在这时，他回来了，小腿上带着伤，走路都走不直。他中了一弹，跟他一起的人给他做了紧急处理。他交瘁地回来了，心里的疲惫写在脸上，眼中积聚的泪水就快要决口了。

"收拾行李吧。"

他对我母亲说。我母亲听了他的要求很惊讶。他接着说：

"我们赶紧找机会逃吧。"

他已经意识到了，抵抗是没用的，也许是他们的手中已经没有了武器，抑或是在敌人强大的武器面前，抵抗也没有用，或许他是向现实屈服了吧。

四天后，机会来了。

“收拾好行李了么？”父亲问母亲。

“都收拾好了。”

“准备吧……我们明天夜里就走。”

他把行李搬到我母亲车上的后备箱里，给车加足了燃料——有些是从邻居丢下的车油箱里吸出来的，他时常会这么干。又花了半天时间检查机械零部件，拆下来又装回去。

日落后，他爬上房顶，一直坐到了深夜。他打开了鸽子塔的门，把鸽子放走了。

夜里，我也爬上房顶，想看看他那么长时间都在干些什么。在这伤心的时刻，我隔着门偷听，听到他正在骂自己养在塔里的鸽子。它们都不愿意离开他。

“狗东西们，都给我滚远远的。”

他丢着东西，我听不出是什么。他砸碎了鸽笼的木头，想把鸽子们吓跑。

“连我本人都要跑了，没饭吃，没保障，你们图我点啥？混蛋们，都滚得远远的吧。”

我听到他哭得像个孩子：

“都走吧……都走吧……今天以后，我就不要再看到你们了。”

他在房顶上失声痛哭，是鸽子们无法理解他的悲伤吧。次日早上，他带着狗出来了，一个人用衣袖抹着眼泪。

* * *

最后的下午。我敲了哈米德家的门。开门的是索菲，脸上挂着我仍在追寻的微笑。她告诉我，哈米德在帮他母亲收拾行李。她的脸让我鼓起勇气走到了他家门口。天空阴沉着，仿佛大雨将倾。我问她：

“你舅舅会带你们去沙特么？”

“他没说带我们去哪里，仅仅是叫我母亲收拾行李。”

“那要是你爸爸回来了，他怎么知道你们和舅舅待在一起呢？”

“我妈妈在客厅的桌子上给他留了封信……你们呢，是今晚就要走么？”

“我们马上就要走了。”我难受地说。

“真的么？”

她把她的手放在我背后。她说：

“萨勒曼，你保重。”

倘若我没有及时抬头去看天上的乌云，那滴泪珠就要从我的眼中滑落了。名为“告别”的死亡沉重而炽烈，折磨着我的喉咙，紧捏着我的胸腔，干涸着我的舌头，湿润着我的眼睛。

“哈米德，你和你妹妹都保重。”

话音刚落，街道后面蓦然一声巨响。我趴在了地上，哈米德站着望向天空，想要找到巨响的源头。那是诅咒的恶魔之音，人行道、大门、窗户……一切原本固定的东西都摇晃起来，哈米德朝着爆炸的地点冲过去，正是那条停着报废轿车的小巷子。我不受控制地追在他身后，大声喊着：

“哈米德回来……快回来……别去……别去，哈米德！”

他仿佛没听到一样，接着跑，我仿佛没喊过一样，继续追。

一座房子在我俩眼前熊熊燃烧，浓烟笼罩了整条巷子，空气中残留着灼烧塑料的气味。

我们站在门口，火舌在我们眼前蔓延。爆炸中，一面墙上裂开了大缝，里面的家具烧着了，墙上飘出滚滚黑烟。

一瞬间，我感到什么东西在摇动着脚下的地面。尽管我不知道那是什么，但是我猜不是什么好东西。它离得越近，地面摇晃得越厉害。

"哈米德，回去吧。"

我满怀恐惧地叫着。

"等等，说不定有人需要帮助。"

他离那栋房子更近了。

"这是座空房子，里面一个人都没有。他们一个月前就逃走了。"

我撒了谎。

火舌熊熊，已经烧到了窗外。

"好吧……走了。"

他决定离开的刹那，撼动大地的东西如同巨兽一般从烟雾中现形了。有生以来，我第一次亲眼见到坦克。凶暴的钢铁外表与周围的环境格格不入。

我们吓得僵住了，它离我们更近了，蝎子式的悚人设计降临在我们眼前。我逃不动，膝盖里像是钉上了什么，让我无力抽身。

哈米德大喊：

“快跑！”

他跑得远远的，僵在原地的我完全没有意识到，该和他一起跑。我的意志突然麻木了，五感不再正常工作。坦克离我更近了，驾驶员从左前侧探出头来。

哈米德跑了回来，拽住了我的手。我摔倒了，他拽着我的衣领，我迟迟地反应过来。磕磕绊绊之际，坦克朝着我们身后燃烧的房子又开了一炮，把我肺部的空气全都抽了出去。有那么一瞬间，我停止了呼吸。

我面前的一切都成了一圈梦境，仿佛我正透过宇宙之窗，看着它们处在另一个世界。仿佛我并不存在于此。

我的耳朵完全聋了，唯有心中嗡嗡作响。我的意识已经停止了对五感传来信息的接收，已经分不清什么是真实的，什么是不真实的了。

我趴伏在地上，好像流浪狗被一群不轨的小孩团团围住。头脑混乱，记忆里的各种画面都散乱地在我眼前排布。我杀的第一只狗冲我露出了尖牙，一个小孩手中拿着长矛，瞄准我的膝盖狠狠刺去，天空漆黑，大地摇晃……这就是末日了。

哈米德的手伸过来，抚平了我脑内的混乱。我睁开眼，见他正在扇我的脸，想把我叫醒。他的喊声中毫无惊颤。我没听清他在说什么，他的嘴唇动着，话音不成词语。坦克还在接近，又是一发炮弹，我昏迷过去，像陷入漩涡，转啊，转啊，转啊，不断地拉我下坠，直到最底部，空阔、黑暗、寂寥，那里没有什么是完全意义的显现，那里尽是虚无。

醒来后，我已经在母亲的怀中了。在车里。父亲载着我们在沙土路上行驶，在离开科威特的夜路上行驶。

我不知道究竟发生了什么。是哈米德把我拖进了家里，还是我体内的隐秘之力显现了，让我一下子就跑得远远的？

我钻在母亲的怀里，吓坏了。父亲在漆黑中开着车。

感官恢复知觉了。我疲累地开口说：

“哈米德去哪儿了……哈米德去哪儿了？”

我已脆弱不堪，就快要哭出来了：

“哈米德去哪儿了……哈米德去哪儿了？”

我问母亲，我遭遇了什么？她也不知道。她先是听到了三声巨响，紧接着是密集的开火。她担心死我了。要不是父亲拦着，她就跑出去找我了。是我父亲跛着脚，拄着拐棍到街上去找我的。日落时分，我自己一个人回到家，浑身湿透了，蹒跚着，状态已经不像是我。她把我放到车里，催促父亲急忙启动车子，好赶在敌情更危险之前逃离。她知道的就这么多了。

我心里明白，是他第二次救了我的命。可我怎么也记不起在那条破车巷子里发生了什么事。有可能我失去意识了，没法知晓当时发生的事情，可按母亲所说，我又是怎么一个人走到家的呢？

这些年来，这个谜题不断给自己裹上新的谜团，成了生命的一大秘密，一如灵魂、死亡和梦境。如果这是整本书中残消的一页，那么想要理解全书，就非有这一页不可。

若我知道那天究竟发生了什么，一切的秘密都迎刃而解了。我始终这样想。

* * *

次日太阳升起时，我们和其他家庭进入了沙特的边境。哈米德一家不在其中。

负责接待的是科威特难民委员会，他们为我们安排了生活所需的所有物什。到了达曼市，有个沙特人将我们带到了一间中档小区的民房中。四个月过去了，我每天做梦都想着哈米德和索菲。他们在我眼前玩耍，读书，喂长颈鹿，坐在车子的后座上，唱着那首“我越过你愿望的河岸”。所有的梦里，我都和他们在一起，可他们却感受不到我的存在，我叫他们，他们听不到。每个梦中，我都抓着哈米德的肩膀晃他，他却不理我。我对索菲大声呼喊：

“索菲，我把头伸过来了，快伸手吧，给你摸，我不想玩捉迷藏了。”

可她看都不看我一眼。醒来的时候，我汗流浃背，难过的感觉从心间升腾到胸口，脑海里总有这样一个问题绞榨我的灵魂：哈米德究竟怎样了？

我在见过的所有脸孔中检索着那两张脸，他们能够读懂我心的语言，知道我梦的词句。我把眼中的碗碟乞讨地端给和他俩长相相似的人。

我憔悴了，瘦了，黑了，面色也变了。

我母亲想让我好受点，便开始教我阿拉伯语，我没心情好好听。每次，我没好好吸收她漫长的讲解内容，她就会失望，就会神情激动地责骂我。

她常常哭，常常愁，常常无力地紧皱眉头，为了鸡毛蒜皮的小事对保姆横加指责，也大声地自责，说，为什么自己没有早点和兄弟姐妹们跑过来，现在都不知道他们身在何方。

我父亲已经是残损的皮包骨头了。大部分时候，他都坐在门口抽着烟。他频频跟我母亲吵架，觉得是她让他离开了自己愿意为之去死的祖国。

有时候，母亲会带着我去住所附近的公园放松心情。她希望看到我还是很健康，还是很善于适应环境。我其实不太适应现实，也不和公园里的孩子玩。那时候，我的拒绝是打从心里的拒绝，总会心生厌烦。准确地说，我已经有所知觉了，自己不在故土，异乡感压在我的心头，沉甸甸的，足够使我的心疏远起来了。此外，那些沙特人待我们那么宽容，回应我们那么迅速，我在他们身上看到了一种潜藏的轻慢。一切都不是出自高尚的动机，而是因为我们不能自食其力了。流亡就是流亡，避难就是弱小，手心就是压在手背头上。软弱的感觉折弯了我自尊的背脊，侮辱了我崇高的梦。假若有人那时候问我，什么是祖国？我的回答一定出自怀念：祖国是我的家，是我的街道，是我的朋友，是我的学校，是我的邻居。祖国远不像愚蠢的政治考卷上说的那样，仅仅是边界框定的地界，而是种种回忆固结成记忆的地方。有了记忆，人才能成为独立而独特的“自己”。

在公园里，我看到了一些科威特人，我们仿佛早就相识一样聚到了一起。我母亲走到女人那里，向她们打听最新的消息，她们也问她最新的消息。她们交谈的时候，我就坐在她身边，心中苦涩。我从她们的脸上看到生活的风霜，她们打探着能让自己笑起来的事情。

有一天，在科威特难民救济物资发放委员会附近，我看到了纳绥尔·麦德鲁勒。尽管他穿着沙特的服饰，红色的头巾也是按照沙特少年的风格缠的，我还是认出了他。他已经不是那时的纳绥尔了，而是一副挫败的形象，一张丧国的写照。我多么想叫他啊，奈何曾经在街上的回忆搅乱了我的记忆。我的悲伤沉默地替代了言语，化作泪水流了下来。除了母亲，除了父亲，终于又有了一个认识哈米德的人。

4

伴随着第一阵解放的欢呼，我们回去了。终于能卸掉压在心上的重荷，终于能再见到哈米德笃定的步伐，好好问他那天发生的事了。我迫不及待。

入境了，我们正触摸着我们爱的和爱我们的那片土地。我的父亲放声高吼，分不清是笑还是哭。他在路边停住，下了车，两膝跪地，将黄土扬在自己的脸上。我就见他跪拜过这么一次。

街上遍是死亡和苦难的棺椁，道旁弃置着可憎的战争机器，毁灭的残迹散布在街道和桥梁，垃圾堆得到处都是。

我们到杰赫拉[1]时是夜晚，等到再过了一个月，真正的白天才算来临。那里的夜晚，是令人窒息的烟沙。

我们回到街道的时候，那里已经完全空了，静寂和孤独是唯一的住户。不过我们的街道没有被毁，我家完好无损，走近一瞧，我父亲养的狗正蹲在家门口等着他。

我父亲见到它时哭了，他从车里下来，一把将它揽在怀里。我母亲揩拭着泪水，和保姆小心地检查家里的情况。我也跳下车，去哈米德家敲门。

我敲了，没有人开。我过了会儿又敲，门后还是没有动静。我连着敲了三天，都没人回应。

我决意翻墙进去看看，但总觉得在怕什么事，是我不想面对的事——看到里面横陈的尸体。

我回到家里，坐在门前，看着他们的家，等待，做梦。

我们之后的一周内，邻居们也纷纷回来了，街道上又是一派快活的气象。纳绥尔、海德尔、易卜拉欣，还有其他人，过了一个月，我们还是聚齐了。只有哈米德在玩解密游戏似的，迟迟地不出现。

* * *

一天下午，我和纳绥尔爬上了哈米德家的院墙。母亲曾经嘱

① 杰赫拉（Al Jahra）：科威特第二大城市，位于科威特市以西 32 公里。

咐过我，怕是哈米德家里还有埋着的地雷，可我顾不得那么多了。里面积满了土。我像第一次走在哈米德母亲身后那样，穿过他家的厅堂，那时候，他们家的气味第一次飘进我的鼻腔。内门紧紧关着，我试着弄开，但徒劳无功。我又顺着院里的过道往厨房的方向去，想起来街道被占领的时候，我和哈米德爬到高处，发现厨房的窗户碎裂了。

纳绥尔嘴唇颤抖着说：

“我们还是别进去了吧。”

想得知哈米德去处的愿望盖过了我的恐惧，爱怎样就怎样吧，等了两个月了，他们一点消息都没有。之后发生什么都无所谓，我只想找到他。于是，我坚决地回应：

“我进去，你在这儿等我。”

我从窗户跳进了他们家，里面光与暗的对比鲜明而可怕。厨房里蓝色的地板满是尘埃，覆上了厚厚的灰土。我往前去，出了厨房的门，来到了通往客厅的走廊。我的步伐扰动着四周的死寂。色彩是暗淡的，家具是安静的，没有哈米德的动静，没有索菲的笑声，和以往都不同了。空气里闷着压抑的尘土味，我走进和母亲初次来访时坐过的会客间，哈米德母亲的声音不见了，她高雅的品位也不见了。我起身想上楼，却总觉得什么东西在拦着我。是恐惧么？我不确定。也许是突如其来的孤独感，或许再看到索菲和哈米德时，他们的样子我断然无法接受吧，我怕真的会这样，那指定会要了我的命。

我回到了纳绥尔那里，对他讲了里面简单的情况。我叫他跟我跳进去，想让他先替我往哈米德屋里看看，告诉我是否发生了最糟糕的情况，好让我免受可能延宕一辈子的心伤。

我们上了楼梯，我谨慎地走在纳绥尔前面，一阶一阶地，我们来到了二层。阳光轻易地从二层客厅打开的窗户中透进来，视野好极了，给四周平添了些许安宁。

除了洗手间外，每扇门都关着。我们先进了哈米德父母的房间，每件东西还是原样：双人床、大衣柜、屋子中央的沙发、梳妆台。如果不是恼人的尘土，我甚至会觉得，门是他们昨天才关上的。我打开索菲的房门，看到了她的玩具和小床，一切照常。走到哈米德的房门外时，毫无征兆地，我一阵紧张，手颤抖着，仿佛在阻止我乱来。我假装去洗手间，叫纳绥尔帮我看看哈米德房间里的情况。我捂着狂跳的心，在静寂中，我清楚地听见砰砰的声音。

“纳绥尔！”

我在洗手间里叫他，他没应。

“纳绥尔！”

我提高了音量，紧张的心理同突如其来的想象相呼应，想到了黑暗的事情。

“纳——绥尔！”

我大喊。

“是，是，听见了，别喊了……你过来吧。”

“你找到什么了？”

“什么都没有，你过来吧。”

我走进哈米德的房间，里面的摆设和我初次进去时没什么差别。我看到他的床，他的衣柜，他的课本，心中怔忡。床下是我们踢过的球，雅达利游戏机还接着电视的线，我打开他的衣橱，里面什么都没有，我靠近他的桌子，上面还放着他的梳子。他的香水还紧紧地旋着盖子，我拧开它，闻到了他的气味，仿佛哈米德从里面出来了，又来到了我的面前。

“萨勒曼，你哭什么？”

“没什么……我们走吧。”

翻窗离开之前，我想起来，索菲曾经告诉我，她母亲在客厅的桌子上给哈米德的父亲留了一封信，里面写了他们所在的位置，以免他回来找不到他们。我又回到了客厅，在桌上仔细地找。他们一家人照片的相框上也积了灰，每张照片都在，唯独缺了哈米德父亲穿军装的那张。什么信也没找到。我吹吹桌面，用手擦擦，想，或许信被上面的浮土盖住了。还是什么也没有。我就要离开的时候，脚下踩到了什么东西，发出咯吱咯吱的声音。是一张白纸，蒙着灰土，字迹几乎看不清楚。我反复摆弄着它，看到了上面淡淡的蓝墨水字迹。我又吹了几口气，字迹清楚了些。上面写着：

亲爱的……

见信好。

我们一切平安，什么都不缺，只希望你也好好的。

你走后，我们已经等了三个月。后来，我哥哥艾布·贾比尔来了，我想，你回来之前，我们就去他家住一段。毕竟两个月前家里就没有粮食了，我们现在吃的都是我们的邻居艾布·萨勒曼家的粮食。他们今天晚上也要去沙特了。愿你谅解。

艾布·贾比尔今晚就来接我们。

另外，我把哈米德和索菲的衣柜腾出来了，你的衣服在床下的包里。怕你回来没衣服穿。

好想你。

吻你。

我们爱你……

1990 年 11 月 14 日，星期三。

我兴奋得要跳起来。他们没事，我母亲跟我说的果然没错。科威特军队得等到形势彻底安全下来，一切都完好无虞后才能让军人们回家。所以哈米德的父亲现在还没看到这封信。

我回到窗户那里找纳绥尔。没走两步，我又回过头去，把哈米德和索菲的照片连同相框拿走了。我把它们藏在枕头下，让他们微笑的脸陪我共赴梦乡。

* * *

几周过去了，几月过去了，我们用哈米德教给我们的规则踢了无数场球，学校的教学也加倍地扩容，一学期当两学期用。夏天愁虑地过去了，冬天忙乱地过去了，国家变得更强盛，节奏更快了。街道焕发着生机，邻居家门前的小柳树吐出新绿，我父亲养了更多的鸽子，而哈米德家的房子却沉浸在幽暗中。

思念难以自持的时候，我就偷偷溜进去，每次都要闻哈米德用过的香水，把玩他的照片，模仿他沉着的步伐。我在索菲的门外闭着眼，幻想里面的她正趴着，画一只爬树的小松鼠。我对她说，"我喜欢你"。待到我的心里被他俩填满时，我就静悄悄地离去，以免打扰到他们。

那座房子在我眼中越发地蒙尘、越发地空荡了。一天又一天，它渐渐沉入可怖的孤独，变得卑微而缥缈。

一天下午，我们的邻居，房子的主人，艾布·穆阿兹带着新的租户回来了。还有令人伤心的消息。

我父亲向他打听哈米德父亲的事，他遗憾地摇摇头，然后说，哈米德父亲迟迟没有消息，他已经打算把房子租给别人。后来，他去了一处军营工作，他在那里询问哈米德父亲的消息。一些同事告诉他，哈米德父亲因为通敌的指控被关起来了。还有人说，萨达姆侵略的第二天，他就在车祸中丧生了。谁也不敢说自己的消息就是正确的。

我父亲讲给我们时，我震惊了，泪水几乎控制不住地留下来。哈米德的父亲通敌？一千零一个不可能。连死也比叛变更接近正道。生死有命，不是人力能左右的，但叛变则是出于邪恶的选择，邪恶得像动物园里鬣狗的嘴脸。这不符合哈米德父亲的性格，他没在鬣狗那里看到自己。我觉得自己是了解他的，完全信任他，毫不怀疑。

他的形象在我眼中闪着光彩。他容光焕发，满面春风。记忆中的他总是满面春风。

“那他的家里人呢？”我母亲问。

“他们说，他有个叫艾布·贾比尔的亲戚忽然失踪了，在解放作战之前逃到了伊拉克。关于他亲戚的事，他们就知道这么多了。”

夜里，我打开那封信，希望从中发现指向某地的线索。我翻来覆去地读，一无所获。

艾布·穆阿兹把谢克尔家的家具都卖了，换来的钱捐给了慈善机构。趁着工人们忙活的时候，我溜进去，走进了哈米德的房间。在他们把这个房间从世界上清除之前，我把香水、梳子和足球，连同他和索菲的照片，以及他母亲留下的信揣在怀中带走了。这些将成为我往后找寻他们的动力。

关系是不能用时间衡量的。它是灵魂层面的事情，而灵魂又是永恒的，断然不承认把我们锚定在割裂的时间段中，在一秒、一小时、一天、一年、十年，在时代中碎成残片。彼此的关系是灵魂之间的刻痕，既非时间，也非空间，而是记忆幻化成另一种生命的场域。那天我问自己，我同哈米德与索菲的关系不过一年半，为什么我会对他们的事痴诚到如此不真实的地步？我怎么就是忘不了他们？那天的自问，我现在还记得。

他们在我心中存在着。我不知道怎么说，仿佛有了他们，我才能成为我。

从萨阿德·阿卜杜拉国家安全学院毕业后，我凭借着自己的这套军装和威严，在政府各个部门搜索他们的音信。死者记录，无国籍者管理委员会……哪里都找不见他们的踪迹，仿佛他们是融化在宇宙之醴中的一块冰。

我找了一年，累了，觉得不可能在这浮华的尘世中找到他们了。我们死亡之日，方是酒醒之时。

我觉得自己将要乖僻而残缺地度过余生了。我灵魂的空洞将越扩越大，我凌乱的灵魂将越发凌乱，直到吞噬我的整个人生。世间的万物都不能将它填满。空洞会越扩越大，到我心跳停止的最后一分钟为止。

风暴

我们喜欢童年的玩伴，
因为他们，我们想起儿时的纯真。
后来的我们学会理解，学会思忖，
污秽的内心渴望尘嚣，
为生命所唾弃的尘嚣。

——@alm3theb

纳瑟尔上士和老锡安扶我回了办公室，二人让我靠在沙发上，往我脸上喷了点冷水，我的脑子才缓过劲来。办公室在我眼前天旋地转，我呕得要把咽喉一起吐出去。

我没意识到发生了什么事。他俩跟我说，我在审问“锯子”的时候晕过去了，我看他的眼睛时，突然就摔倒在地。

纳瑟尔叫道：

“他一定是对你用了巫术。”

他坐在我身边，语气缓和了些，说：

“他是想对你要阴暗的把戏。”

我的头晕晕乎乎的，胃疼得不行。酒的味道又返上来，包裹了我的舌头和吐息。我问他俩：

“他现在在哪里？”

“我看他对你用巫术，就把他揍晕后绑了起来。”老锡安回答说。

纳瑟尔清了清嗓子，话音中透露出蓄意已久的阴谋：

“头儿，把他交给我吧，我跟你保证，我会从他的屁股里把他的巫术抠出来。”

老锡安直视着我的眼睛，顶撞道：

“先把他交给我吧，我让那些巫术从他的毛孔里渗出来。”

我对他俩吼道：

“根本没有什么巫术，一帮蠢货！”

我试着站起来，但没有找准平衡，又摔了。我再试了试，这次在纳瑟尔的帮助下站得很扎实。可我还是动不了。

我不知道究竟发生了什么。我是不是穿越了时空，先回到过去，然后又带着昔日的苦痛回到了现在？还是我的脑子辜负了我的信任，其实“锯子”真的对我用了巫术，进入并操控了我的记忆，让我把他认成了对我生命影响最深刻的那个人，从而叫我放了他，给他卖命？为什么不能是巫术？又为什么非要是他？

两人为我要了杯咖啡，咖啡因拽回了我的意识，让我再次抓紧了理智。我不顾咖啡有多烫嘴，一饮而下，全神贯注于刚才发生的事。或许是喝多了酒的缘故，我的吐息和胸口中全都是酒精的刺激气味。

我再次起身，靠着纳瑟尔走了起来，我的身体不是我的身体……我也不是我了……酒真他妈的误事。

走进“赌场”时，我恍如第一次来。煤气灯的颜色变得异样，离得更近了，晃得刺眼；地板也不平了，墙的颜色令人恶心。事实上，根本就没有什么赌场，只有私人的记忆，每个地方都是我想起来的不同的瞬间。墙壁，是被告们留下的层层恐惧；地板上叠放着他们的重重痛苦。我在角落里嗅到了受刑人哀嚎的味道，硝烟般可憎、浓稠、令人作呕的味道。我就是在这里度过了五年么？一直以来，我是怎么忍受此等暴虐的？“肯定是巫术。”我猜。我听到内心另一个声音在说：“现在知道自己是流浪狗了？自以为适应了社会的腐败，保卫了国家的安全，但在这幻觉背后，你始终在逃避自身腐败的真相。”

哈米德·谢克尔，或者说，“锯子”就坐在椅子上，穿着被撕烂的衣服，卑贱地失去了意识。他还没从老锡安的毒打中醒过来。我丢下纳瑟尔，小心地靠近他，仿佛在靠近随时可能爆炸，让我肉离肢断的危险。“你是在怕什么？”我问自己，好重拾自信。我想起自己在这里扇过的所有脸庞，他们都面色恐惧，想起了他们口鼻中流出的鲜血；想起我从不手软、从不犹豫的拳头，不管坐在椅子上的人是谁。我从容地走到他面前，打量着他，忆起了哈米德的脸，他棱角分明的轮廓，和他亲和的神色。毫无疑问，就是他，他的双眼在眼皮后面动了动，一定是看见了联结我们的共同记忆。他一定是想到我们的家，想到我们的空地，想到我们的球，我们任由它在时光里滚动，直到现在，它还在裹挟着我们漫无章法地滚动。他现在看到，我正站在家门口，等他说出让我们重新在一起的那句话，他一定有很多话要对我讲吧，要用很多话填满记忆的空洞吧，有很多话是关于索菲的吧，她的模样突然涌入了我的记忆。可有什么我认知以外的事情出了差错，事实体系错乱，一定发生了什么不合逻辑的事情，可我却不知究竟是什么！或许是我当下感到的自我清白扭曲了视界，拒绝明晰地显现，又或许是我不忍看他变成了这副样子，即便真的是他，我的眼睛也不愿去相信这是事实。那么……心灵连同它的权威粉碎了，理性连同它的顺从也粉碎了。

毫无疑问，他就是他；毫无疑问，我就是我。

我又一次转过头来，可这次吐得更剧烈了，我把喝过的酒和两杯咖啡都吐了出来。我注视着从我胃里呕出的图案，地上的污渍不断扩大，形成错综分离的轨迹，感觉自己的肠子都被扒了出来，这一切折磨都结束了。

纳瑟尔上士把我从呕吐物旁拉开，带我去了外面，他渲染着“锯子”的巫术：

“我一定会把巫术从他屁股里挖出来，从他屁股里挖出来！”

“没有什么巫术，狗混蛋！”

麦尔祖格在洗手间揪住我时是什么感觉，现在就是什么感觉。恐惧、绝望、忧伤。那时候是哈米德救了我，而现在又有谁救我呢？命运要把我带向深渊，让我恐惧、绝望，为自己渣滓的处境而自怜，谁能教我摆脱这命运呢？我要变成被鞋底碾碎的蝼蚁了。

没有什么会在生命中湮灭，它的每颗种子，都有自我重建的永续轮回。即使是情感，也能在合适的时刻犹如初次经历般复现，我对自己恨，一如往日对其他东西的恨。我——一位调查部警官——在这里的所作所为正敞露在我的脑海。

我们把哈米德留给了老锡安，纳瑟尔把我搀回了办公室，让我坐回了沙发。我看着他，仿佛顷刻间洞悉了他的本性，好一个下贱的脏货！一副脏样套在了皮鞋一样的烂脸上，我这么长时间以来是怎么看得下去的？习惯，不过是习惯了脏货罢了。久在脏水沟，不觉臭气浓。可当我呼吸到第一缕澄净的空气，嗅觉便知道澄净为何物，臭气便立刻变得难以忍受。

那些在我手下遭罪的人们，仿佛他们的仇恨全在此刻汇集到了我的内心。我发出了不属于我自己的声音：

“纳瑟尔……你是狗。”

他粗野地盯着我，边假笑边舔着嘴唇：

“头儿，您说什么？”

“我告诉你，你就是一条该杀的贱狗，流浪狗。”

他转过身出去了，我迅速站起来，对这世界上所有纳瑟尔们的厌恶和愤慨到了极点。我抄起开信刀去扎他的脖子，那东西还没有足够锋利到可以扎穿他的脖子要他的命，但放倒他还不成问题。他倒在地上，呻吟声伴着断断续续的低吼。我压到他身上，双手锁住他的头，往地上撞击着。他双脚踢着办公室中间的桌子，直到完全丧失意识。我从他身上起来，还很激动，余怒未消，又往他的嘴上踢了无数脚。我双眼看着他抽搐的脸，真叫人同情。我的心中翻卷起一种力量，无疑，我踢他的时候，是把我们从前的联系也踢断了，与此同时，曾经污染我内心的行为，现在则被我用来洗刷着我的内心，这次与以往相反，我对自己昔日的同谋下了手。我丢下他，回到了“赌场”。

我想引爆我的怒火，想把所有帮助我腐朽的人炸得一个不留。我心中呼啸起难以抑止的仇恨，恨我眼前的所有。怒火中烧的我不知道正在发生什么事，心里想的唯有把这个罪孽的地方毁灭殆尽。虽然我喝多了，但还没有醉到无法控制自己的行动。醉意已然上脑，可我将要做的却不是出于醉意。我要做的是对还是错？这就是另一回事了。不把要做的做完，我决不罢休。

我一面挑衅自己，一面朝“赌场”走去。我问自己：这就是我感到心满意足的地方么？我身处的就是这团垃圾？我真他妈的是堆垃圾。

我走进了“赌场”，仇恨和怒火烧灼正烈。老锡安正忙着弄醒哈米德，揪着他前额的头发，晃着他的脑袋，往他脸上浇水，丝毫没有理会我动乱的情绪。在这个地方，他所见到的我一直就处于这种状态，他近距离地看着我发疯、发狂，认为这就是我的本性。他眼中的我和平常没什么不同，还是那个想用他人的痛苦恢复内心平和的我。

我走向他存放器械的柜子，拿出了一根被他用作狼牙棒的铁棍子。才两下，鲜血就从他的脑袋上喷涌出来，他硕大的身体轰然倒地。

哈米德渐渐醒了过来，我却不知道作何是好了。没有预先的计划，没有事前的安排，一切仿佛已经降临的命运，我无力反抗。

我喂哈米德喝了水，打开了他的镣铐，然后回办公室查看纳瑟尔的状况。见他还是昏死着，我从办公桌下的保险柜里掏出了手枪，然后关上了门。

大校就要来了，这是板上钉钉的事。必须得做好结束这一切的安排。我想，杀了所有人，最后一颗子弹留给自己的脑袋，有什么不行的呢？我的确还没杀过人，但是杀戮并不是人能犯下的最恶的罪行。这世界上有许多种手段，杀人和它们相比，不过是轻轻地扇一下，踢一脚的事。

“我让哈米德先跑，然后扣动扳机，擦去关于世间的一切。”脑中又想到一个主意。算是明智。

我回到“赌场”，哈米德已经完全筋疲力尽了。

“手给我，放到我肩上，我带你出去。”

他把手放在我的脖颈上，费力地站了起来。他跟我走了几步，有块重物把我们一齐砸到了地上。我迅速起身，见到老锡安疯牛似地盯着我。他用手在伤口上擦拭了一下，又抽回手放到眼前看。他眼见鲜血流出来，暴怒地咬牙切齿：

“你想把他搞出去？从我瞧见你看到他时那副嘴脸的时候，我就知道你跟他是一伙的。”

没等我朝他举起手枪，他就扑上来把我制住了，他强有力的手臂全力锁着我的腹部，我动弹不得。我感到活不成了，眼前只有一团灰蒙蒙的雾。我倒在了地上，转过头去，他压在我身上，愤怒让他失去了自我……我对自己说，这就是死亡的滋味吧，从他的眼中，我没看到丝毫归属于理智的东西，那是本能的、野兽般的狂怒。“这就是我的死期了。”我暗暗说。我试图从他的铁拳中抽身，没能成功，我已经做不成什么了，他狠狠地锤着我的脸，嘴里都是血味，我把双手放在面前保护自己，但打来的每一拳都透着劲，跟直接打上去没有什么分别。我的脑袋一前一后地撞着地面，鼻子里流出温热的血，牙龈也流出血……疼痛难忍。我正挨打的时候，老锡安忽然在我身上猛地抽搐了一下，不打了，我听见一声重击，伴随着头骨撞碎的声音。他瘫倒在地，哈米德手持铁棍站在他的背后。哈米德又回到了椅子上，坐着，狐疑地看着我，仿佛在说：“现在怎么办？”我勉强站起来，脚下的老锡安昏死过去，失去了意识。

我把哈米德带了出去，穿过回廊，我们的步伐有规律地发出令人不悦的回响，经过“镜牢”和里面僵持的绝望，然后是警局接待处，那里的警察挺着臃肿的大肚子。警局里不过只有两名警察，其他人全都按照彼此心照不宣的规矩回家了。剩下的那两个人忙着在电视上看球，根本没注意我们从玻璃门出去，来到了街上。我让哈米德在车后面待好，嘱咐他，无论发生的事再怎么紧急，也不要轻举妄动。我回到办公室，取走落在抽屉里的钥匙扣。我再往车那边走时，那两个警察依旧在全情关注着球场的风云变幻。天气很冷，哈米德却已经消失无踪了。

真的，他就这么轻易便消失了……我在主驾驶的门旁四处张望，掐着脑袋，问自己，到底发生什么了？感觉刚发生的一切只可能是场梦。“他去哪儿了？”事情总是这样收场。“我还应该再找他么？我的宿命就是同他分离么？”我往地上吐了一口血，寒冷的空气拂过我的后背，钻进我的毛孔，我不禁打了冷颤。我坐在车里，仔细端详着镜子里的脸。右鼻孔的血已经结痂，脸上和嘴角都留着血迹。淤青已经消了，右眼眶附近有片暗红色，我无比想哭，想哭就尽情哭吧，我哭得像一个找不到家的孩子，那一刻，我哭得那么用力，那么痛心，生平第一次，我感觉理智停止了运作。

我刚启动引擎，易卜拉欣大校的车就停在了我面前。我已然发现，他这人活着什么都不为，就想着靠清除东西打发时间。我想，是时候为这场生命的悲剧和代价做一个了结了。我看着大校从车里出来，迈着孔雀开屏似的步子，带着装出来的威严朝警察局大门走，就在这时，他在我的车前停下来，由外朝里看我，想靠到我跟前。我奋起一脚，全力踩下油门，汽油熊熊燃烧，他被撞倒在地之前，高高地飞了起来。

我坐着，在方向盘后面看着他。他躺在街上，挥舞着手脚，想要站起来。随身带着的东西散落一地，脸直直地磕到了水泥地上。他的脸上是一条条汩汩的红色血迹，运动服从大腿根部撕破了，露出了里面皮肤的伤口。

他内心的孔雀羽毛被我拔掉了。他再也骄傲不起来了。

我杀他的动机不是杀戮本身，而是他对死者的侮辱。万物有灵，万灵皆圣，无论多低贱的生物，我们杀的时候也要让它显得体面，那种污蔑式的杀戮，真是够了。我曾以他之名、以他的军衔之名、以他的职位之名犯下了太多轻慢的罪过，还觉得达成了自己的目的。我扔下他，离开了警局的停车场。

我开着车，咒骂着身后留下的所有残骸。我往公寓驶去，在那里，我将用一杯美酒将我身上的诅咒与迷醉推上顶峰，然后用一颗子弹将它们结束。

我开上了高速路，凌乱地思考，我折磨了许多具肉体，这一生究竟获得了什么。是啊，仅仅是肉体，我对待他们的时候，仅仅是把他们当作肉体，感到痛的时候能够做出繁多有趣的反应，直到再也撑不住惨绝人寰的刑罚。它们被打得挺直了身板，内里被打成了齑粉。午夜三点过后，和往常一样，路上几乎没有车，我全速行驶，看着两侧的建筑和房屋，宛如初见。它们的样子像是狂野的恶兽，吞下人们的梦境，撕咬，再吐出一块一块的土砖，外面包着加固水泥，专为人们的无情和过错量身定制。“我们都是垃圾……是屎！”我大喊着，无比地想要中途停车，把所有人都骂个遍，骂他们内心的堕落与人性。或许我用我心中的黑暗衡量了所有人，把自己扩展到了所有人身上，让他们成了我丑恶的复刻版。

我开着车，脑子里尽是这些疯狂的想法，速度是疯了一样快。到桥头时，眼前的世界晃了晃，仿佛即将消失不见。然后，它转动了，好像自己向后退去，接着跟我哥哥死前的皮球一样滚了起来。又突然地稳住、静寂了。天地倒错，一切都颠倒了，都乱了，路灯迷乱了我的双眼，打在我脸上的车灯发出怒吼。存在感变得孱弱，我眼前只剩身边永恒虚无一般的漆黑。仿佛我什么也不是了，魔法师要把我送回他的帽子里了，我能听见的只剩那些声音，车胎急停的声音，还有其他的声音问询我的安危：

“还有人活着吗？”

“快叫救护车！”

“咱们把他从车里拖出来。”

“小心，小心，血……他后背流血了。”

我幻听到流浪狗的声音，他们来找我报仇了，我杀了它们，而它们要留我一命，让我生不如死。幻想中，它们把我长矛上的刀刃刺进我的后背，拔出来，插进去，再拔出来，再插进去，直到我完全失去了意识，深渊把我吞没，我随着漩涡下沉，越来越深，越来越深……

越来越深……

越来越深……

最深处，剧烈的压强快要让我的耳膜爆裂，快要把我的灵魂从鼻孔里吸出。浩渺而永恒的黑暗消灭了实在与时间存留的证据，引领我的意识来到记忆的深处，那里存放着生命，崭新的、充实的、宛如新生的生命，同此世脆弱的存在。

相隔遥远，关于哈米德的记忆在中央闪着光亮。在我们最后见面的那天，在那个停着报废汽车的巷子里，那份记忆没来由地从我脑海中消失了，仿佛我是遗忘的帮凶，故意把它隐匿在我的昏迷中。

我都看到了……第三颗炮弹爆炸时，我怔住了，全身上下，里里外外都失去了知觉。哈米德抓着我的衣领，把我拖到了坦克前行的路径之外。大雨倾盆，天空在我们头上愤怒地打着雷。然后，出来了一群我们不认识的人，他们配备武器，“为了头巾的荣耀”，朝着坦克密集开火。我仰倒在巷子旁，恐慌地哭，哈米德叫我快逃。

“萨勒曼，跑啊……快啊……快跑，他们会杀了你的！”

我意识到了身旁发生的事，却仍沉溺在自己的内心，仿佛自己正处在另一个地方，发生的事都与我相隔遥远。

哈米德跑到我身旁，子弹的声音密密麻麻，缠混着人声的回响，仿佛是哈米德的喊声。他带着我走，一直走到那辆破车的旁边。有什么弄疼了他，他爬到我身边，紧抓着我，说：

“萨勒曼，我求求你了，快跑！”

他面色痛苦，双眼的光彩急速地消失，就快要黯淡了，一摊血在他身下扩散开。

“哈米德不行了，哈米德会死的。”我满脑子想的尽是这个。可他的表情一如平常，每当我看到他这副表情，就不知作何是好。

他的身体扭曲着，抽搐着，呼吸变得局促，脑袋垂到地面。我听到他费力地说了些什么，事到如今，我仍在怀疑，是否是我自己的妄想作祟。

“给我滚，你这条狗！”

我逃了，是的，我逃了，我仿佛一条被我们追在身后的流浪狗。从“流浪狗”这种动物身上，我看到了自己的影子。我一眼都没往后看，跑，跑得远远的，从巷子里跑到街上，把他丢在了街道的入口。在倾泻的雨中，我全力地奔跑，水泥地上的脚步声让我惊惶，幻觉中的怪物追逐着我，目标是我的脖子。

我穿过街道，把我们的家园远远甩在身后。我不停地跑着，仿佛逃离即意味着回到过去，意味着向太阳飞驰，我掣住想象中太阳的缆绳，把它拉回午后的时光。我们还在空地上踢球，哈米德还活着。在那之前，我亲眼见证了真主为他选择的死亡。

（全文完）